KB069097

연애의 뒤편

연애의 뒤편

시인수첩 시인선 033

정찬일 시집

문학수첩

| 시인의 말 |

깊은 골 다 메우던 푸른빛 지우며

집에서 너무 멀리 와 잔 것 같다.

2020년 다시 찾아온 4월에

정찬일

| 차 례 |

2부 | 태풍을 대하다

3부 | 풋사과의 내력

4부 | 각주(脚註)로 가득한 날들

1부

물의 얼굴,
사람의 얼굴

큰넓궤 겨울 볕뉘

흐린 물빛 같은 전생(前生)의 사랑
다시 한 번 하기 딱 좋은 날
바람 한 점 잠시 머물지 않는
수척한 겨울 숲
몸 아픈 겹겹의 나뭇가지 뚫고 내려앉는
겨울 볕뉘 가느다란 길 따라
재채기하듯 피어나는 흰빛 작은 동백들

오래도록 아껴 둔 이 존중(尊重)의 겨울 볕뉘 아래

밑바닥 다 내보이며 걸어온 비린 길도
겨울 물빛 속으로 끝없이 자맥질해 들어가던 발길질도
캄캄한 바닥에 가라앉은 차디찬 침묵의 몸 안쪽도
흘수선에 도달하지 못한 희미한 맥박도
공손히 부려 놓고

누가 본들 어쩌랴
누가 몰래 읽은들 어쩌랴

늦어도 너무 늦게 도착해 밀어내지 못하고
무안하지도 않은 이 입맞춤

시린 침묵으로 가득 찬 이승의 첫 입맞춤

분홍빛 환하게 물든 오른뺨에 물그림자처럼 내려앉는
아픈 겨울 볕뉘
흐린 물빛 같은 전생의 사랑,
겹겹의 물이랑 기어이 기어이 건너오는
큰넓궤 늦은 오후

겨울 궤*

길은 사람과 마소[馬牛]가 함께 다니는 곳

말 발자국 곁으로 도란도란 찍힌 아이들 발자국 따라 가다 보면 어느덧 마소 물 먹이는 웅덩이에 닿고, 웅덩이에 내린 붉은 저녁놀 따라 걷다 보면 올레에 다다르던 삼밧구석

코흘리개 어진이가 사는 건넛마을에서 날아든 총성으로 쩍 금이 가던 겨울 하늘, 족대로 만든 아이들의 송악 총소리 아닌 산 사람들을 향한 총성

사람의 길도 안 돼
마소의 길도 안 돼
눈 위에 까치발 자국 흘리며 가도 안 돼

새들이 내준 길만 허락된 밤

삼밧구석에서 땅만 파던 사람들 씨앗 대신 양식을 파

묻고 길 밖으로 가야 하는 밤
　총성에 쫓겨 갈 데까지 가야 하는 밤

　곁길이 하나둘 어둠 속으로 빠져나갈 때마다 점점 좁아지던 길, 그날 밤 새들이 시린 발로 낸 제 길을 왜 마을 사람들에게 황급히 내주었는지 알 수 없던 다섯 살 질둥이**

　제 족문조차 다 지우며 겨울 궤 속으로 들어간 사람들이 눈 감고도 환한 길로 아직 돌아오지 않는 마을 뒤편짝에 찍힌 생이 발자국 강생이 발자국 노리 발자국, 짐승들이 먼저 조심스레 다녀가는 삼밧구석

　마소와 사람이 함께 다니던 길 아닌 곳만 콕 콕 찍어
　저 혼자 익어 가는 억새 줄기들

　붉게 다 익으려면 아직 멀었다

입동 지나 피는 송악꽃 다 피려면 동동 멀었다

* 땅속 깊숙이 패어 들어간 동굴.
** 임신부가 밭이나 바다에 일하러 갔다가 돌아오는 사이 미처 집에 도착하기 전에 길에서 분만한 애에게 붙여지는 별명.

하이, 카를 마르크스 씨!

“별빛이 흘러간다.”

완결치 못한 이 문장을 봐요.
생의 바깥에 있는 문장을 들여다보다가
칼 맑스를 만나러 외출 준비를 하죠.

위험한 줄 알면서도 등 떠밀려 걸어 들어가는 날이 있죠.
뻔히 바라보면서도 철퍽, 물웅덩이에 걸음을 내디디죠.

그런 적 없나요, 마르크스 씨!

자고 일어나면 조명탄처럼 터진 꽃들, 깔깔깔 웃는 꽃의 가벼움.
꽃을 따라 웃다 보니 내 웃음도 가벼워졌죠.

내 몸에 들어오면 모든 게 가벼워지죠.

그럼 어때!
너무 무거워도 둥둥 떠오르던
너무 가벼워도 가라앉던
이 가벼운 연애,
혹 날 생(生)들.

비명도 없이 뛰어내렸을 봄밤의 비는 내 것
오백 년 내내 흔들리면서도 자기를 내버리지 않고
잃어버린 마을 휘이 둘러보는 폭낭도 내 것
뭐가 두려운지 자꾸만 내 눈빛 밀어내는
헛묘 속 멍울진 이야기들도 내 것
틈이 없는 어둠을 기어이 밀어내며 피는
흰 애기동백도 내 것
한낮인데도 새하얀 감탄사로 사뿐사뿐 내딛는
꽃들의 멍든 뿌리도 내 것
외출할 때마다 기어이 따라나서는 젖은 발자국들도
내 것
온전히 가지고 가야 할 내 몫들

"별빛이 흘러가는 깊은 밤이 왔다."

여전히 완결치 못한 이 문장을 봐요. 생명이 스며 있지 않으면 다 어색하죠. 내성이 생기지 않은 차가운 몸을 뒤척일 때 깊은 밤은 오죠. 흘러가는 저 별빛이 젖은 건 오늘 밤 눈물 자국 같은 길을 되짚어가는 누군가의 눈빛이 더해졌기 때문이죠.

그렇지 않나요, 카를 마르크스 씨!

오르면 반드시 내려가야만 하는 계단은 生이 남긴 흔적이죠. 몸 깊이 새겨진 유전자가 아닌 발명품이죠. 웃음도 서러운 발명품이죠.

삶이 너무 무거웠던 카를 마르크스 씨, 그렇지 않나요?

그런데 칼 맑스 씨, 추운 나라에서 이 먼 섬까지 어떻게 흘러들어 왔나요?

벌써 입동

바로 가지 못하고 큰넓궤와 먼 불래산(佛來山)*까지 떠돌다
오래된 제 속 거느려 돌아가던 바람
빈터만 남은 동광검문소 육거리, 헛묘 앞에서 잠시 길을 놓친다

누가 저 굽은 팽나무 등을 게딱지처럼 봉인해 놓았나
제 몸에 새긴 문장을 차가운 위령비가 대신한,
철 버팀대 몇 개 겨우 받쳐 낸 삼밧구석 팽나무
그 앞에 세워진 헐렁한 설치물 속
풍치목(風致木)**이라는 말이 오히려 반갑다

옛 주인 잃어 침묵으로 여문 족대와
마디진 할 말 있다며 한 낮 한 밤에 키가 다 커 버린 겉여문 족대들이
서로 차가운 등 기댄 채 수런대는 댓잎 소리
빈 집터에 자리 잡은 때 놓친 콩밭이
저 혼자 귀 기울여 젖어 가는 저물 무렵이다

모자란 하루치 가을볕 기울어
한 갑자 지난 지 이미 오래다

가까운 아랫마을 간장리 불빛 하나둘 꺼지면
먹먹하게 떠 있던 별들도 서둘러 진다
바다는 여전히 어둠 속에 갇혀 있는데
바람에 실려 온 내 마음
댓잎 소리 가득한 늙은 콩밭에서 길을 잃는다

어디서부터 길을 잘못 들어섰나

또 오랜 시간이 지나면 어쩌나 하는 생각 멈춘다

오랜 시간이 지나도 속 깊은 저 바람이
자꾸만 길을 잃는 나를 또 앞세워 돌아오리라는 생각
천 번의 물음에 천 번을 침묵하는
옛이야기 봉인된 삼밧구석 팽나무 앞으로
죽어서야 환한 석창(石窓) 하나 겨우 가진 오름 기슭

헛묘 앞으로
  다시 데리고 돌아오리라는 생각
  수십 번을 다짐했던 일이다

  무엇이 그리 바쁜지 한 생각 한 생각에 잡혔다가 고개를 들면
  성큼성큼 제 자리를 옮겨 바다 위로 말없이 지는 달
  달의 캄캄한 뒷면에서 누군가 말없이 걸어 나올 것만 같아
  잔뜩 자란 미국자리공 개민들레 환삼덩굴 천상쿨
  남의 나라 풀수펭이 조심스레 헤치며
  올레 입구를 막아 놓은 돌담을 게딱지처럼 뜯어내며
  누군가 막 걸어 나올 것만 같아
  한여름 땡볕도 견뎌 왔던 콩깍지 저절로 툭툭 터지는 소리 들으며
  저 혼자 붉게 익어 가는 늙은 감나무 곁에서
  오래도록 기다리는

벌써 또 입동(立冬)

* 한라산 영실 서쪽에 있는 볼레오름.
** 멋스러운 경치를 더하기 위해 심는 나무.

물의 얼굴, 사람의 얼굴

아침마다 양 손바닥에 담긴 말간 물 들여다보고 있으면
물의 얼굴들이 떠오르죠
흘러가는 세월 흘리지 않고 잘 여문 족대들이
차가운 등 서로 기댄 삼밧구석*에서
물의 얼굴 본 적 있죠, 변검(變臉)을 본 적이 있죠
허리가 뚝 꺾여 나가 성근 제 그늘에 젖어
수백 년 내내 흔들렸을 팽나무 아래 놓여 있던
오래된 물병 하나 보았죠
출구가 막힌 플라스틱 생수병 안에 갇혀 있는
물의 얼굴들을 보았죠
출렁이는 말간 물이었다가 뚝 뚝 떨어져 내리는 땀방울이었다가
서리였다 얼음이었다가 제 울음 속을 떠도는 안개였다가
침묵이었다가 몸부림이었을
플라스틱병에 갇혀 있던 물의 얼굴들 본 적 있죠
야트막한 오름의 경계를 넘나들다가
쭉 뻗은 4차선 도로, 단문으로 내달리는 나를 가로막는
안개는 물의 얼굴이죠

눈물 잔뜩 머금은 오름 위 하늘도 물의 얼굴이죠
그르렁거리는 저음으로 건천을 타고 넘쳐흐르는 물소리도 물의 얼굴이죠
물은 흘러가더라도 저 물의 소리는
눈 감은 하늘 속 열어젖히는 장대한 천둥소리로 절벽을 거슬러 오르죠
무릎 꿇은 대지가 두 손 모아 받은 울음들
아들의 아들에 잇대는 안개로 다시 태어나죠
오름 하나 별 하나의 적막함에 등 기대어
붉게 익어 가는 볼레[**]도 물의 또 다른 얼굴이죠
아침마다 젖는 내 전생의 내력 투명하게 비추는
물의 얼굴들 들여다보고 있으면
겨울 볕에 붉게 타 흘러간 삼밧구석 사람들의 얼굴이 떠오르죠

* 삼을 재배하던 마을이라 하여 붙은 이름. 4·3 항쟁 당시 전소된 후 현재까지 잃어버린 마을로 남아 있다.
** '보리수나무 열매'의 제주어.

도엣궤*

조심스럽게 끓어올라 번지는 저녁노을 바라보면
밥물 냄새가 나는 것 같아
"오널 ᄌᆞ냑이라도 베 뽕끄랑ᄒᆞ게 먹으라.
닐 되민 죽어질지도 모를 일이어."**
어머니 목소리도 묻어나는 것 같아
이젠 쓸 일 없는 어머니 오래된 목도장으로
가다가 뚝 끊긴 손금에 잇대어 꾹 눌러 보기도 하는데
버석거리는 빈 겨울 들판 위로 떠오르는 노란 달
눈 위에 남겨진 제 발자국이 두려워 지워 낸
어머니의 마음, 길 따라 걸어 보는 것인데
눈 내린 겨울나무 아래 종종종 찍힌 새 발자국들만
보인다
새 발자국 보면 왜 춥고 배가 고파지는지
시린 새 발자국 따라가다 보면 그 끝에 동굴 하나 보인다
겨울 숲에 새소리 하나 들리지 않아
더욱 적막하고 어두운 동굴 안
도엣궤 끝 간 데까지 들어가지 못한 겨울 햇볕
허연 김 서린 숨결로 아이들 몸 데우던

동굴 속 사람들의 안부가 궁금하고
얼굴 누렇게 뜬 아이들 뒤꿈치 상처도 궁금하고
국경 변계선도 아니면서 들어갈 수 없다는
안내문 아닌 경고문 속 처벌이라는 말이 차갑다
눈 더 내리면 저 차가운 말과
살아 있는 사람들에게 방아쇠를 당겼던 손가락들
다 묻으리란 생각을 해 보는 것이다
이제 서둘러 내려가라고
동굴 안을 들여다보는 내 눈길을 누군가 자꾸만 밀어
낸다
아직 나눌 얘기 남아 있는데 벌써 저물 무렵이다
아이들이 흘리고 간 시린 발자국 또박또박 밟아 가며
서늘하게 젖은 내 이마에 돋는 별 몇 점

* 1948년 11월 15일 중산간 마을에 대한 초토화작전이 시행된 이후, 동광리 무동이왓과 삼밧구석 사람 120여 명이 1948년 11월 하순경부터 1949년 1월 중순까지 약 50일 동안 숨어 살았던 용암동굴.

** "오늘 저녁이라도 배부르게 많이 먹어라. 내일 되면 죽을지도 모른다"라는 뜻의 제주어.

폭낭

해는 마을 앞에서 떠서 마을 앞으로 진다
잠복 학살하듯 등 뒤로 몰래 해 지는 일 없는 삼밧구석
바다가 되쏜 햇볕에 등짝 검게 그을린 폭낭

삼밧구석에서 내려다보이는 바다는 산방산과 모슬봉 사이에서 종일토록 금속 빛으로 끓는다

금속의 바다에 등 돌리고 앉아
돌아오지 않는 사람들 발자국 따라
제 세월 제 나이테 검게 비워 가는 삼밧구석 폭낭

저녁노을 수평선 너머로 와아 몰려가도 따라나서지 않는다
달빛 번득이는 바다가 우우 밀려와도 물러서지 않는다
기다릴 사람 기다리겠다는 것이다, 앙버티겠다는 것이다

소식 없는 얼굴들 노랗게 익는 폭*으로 자락자락 매다는 내력,

시멘트로 봉인된 등의 내력이 화살나무 참빗살나무
객혈처럼 내뱉는 겨울 열매, 붉은 사리로 톡 톡 터진다
폐작된 메밀 줄기와 콩대들마저 붉게 서 있는
삼밧구석 겨울이 유난히 붉다
하늘도 제 빛 다 잃은 어느 적막한 골짜기에서 지금도
유배 중인가
어디서 흐린 겨울빛 보는가
마을 앞 도로를 내달리는 바퀴 소리 들릴 때마다
성근 귀 세우는 폭낭, 바다 아닌 겨울 산 쪽이다

올레 그늘의 양에가 푸른 일가를 이룬 소설(小雪) 이미
지났어도
뒤꿈치 바짝 세워 검게 봉인된 폭낭의 내력 타고 오르
는 담쟁이,
오를 데까지 푸작푸작 오르겠다는 담쟁이 저 고집
다시 돋는 겨울 새순, 그 눈빛이 붉다

* 팽나무의 열매.

숨비나리*

아침, 서귀포에서 西로 西로 내달리다 보면
왼빰을 비추던 햇빛이 어느새 오른빰을 비춘다

꼭 그쯤이다

西가 東으로 갑자기 방향이 바뀌는 곳, 숨비나리

스치듯 지나가다 숨비나리가 변곡점이 되어
西로 달리던 내가 東으로 달리고 있음을 깨닫는다
지구가 둥글고 섬이 둥근 탓이다
작은 섬 물빛에 떠 빙빙 돌고 있는 탓이다
左와 右가 한순간 뒤바뀌고
東과 西가 서로 소용돌이치는 숨비나리
쭉 뻗은 4차선 우회도로 새로 생겨
그곳 지날 일 적어졌지만
내 몸에 굳게 새겨진 문장(紋章)을 무너뜨리는 곳
우회도로 아닌 그곳으로 가끔 간다
우회도로는 시간의 흐름마저 함께 몰고 가는 것이어서

숨비나리에서의 시간은 물 깊이 자맥질해 들어간 듯
멈춰 보인다

꼭 그쯤, 그쯤에 동광 육거리가 있다

흐린 달빛 아래 속 애기 두런두런 흘러나오는

헛무덤 몇 떠 있다

섬의 東西 대척점을 한꺼번에 다 품은 숨비나리
멀리서라도 수척한 눈빛 총총 떠 있는 헛무덤 몇 보시게
두런대는 속 애기 잊지 말고 들어 보시게
호이호이 세상 향해 내뱉는 숨비소리,
턱밑까지 차오른 속 애기 꼭 들어 보시게

* '물속에 자맥질해 들어간 것 같은 분지'라는 의미의 동광리 소재 지명.

취우(翠雨)*

봄비 맞습니다. 누가 급히 흘리고 갔나요. 밑돌 무너져 내린 잣담**에서 밀려나온 시리*** 조각. 족대 아래에서 불에 타 터진 시리 두 조각 호주머니 속에서 오래도록 만지작거립니다. 손이 시린 만큼 시리 조각에 온기가 돕니다. 온기 전해지는 길에서 비 젖는 댓잎 소리 혼자 듣는 삼밧구석입니다. 푸른 댓잎에 맺힌 빗방울 속이 푸릅니다.

이 봄비 그치면 취우 속에 가만히 들어 한 밤 한 낮을 꼬박 잠들겠습니다.

매 순간 모든 것이 흔들리고, 빛 속에 숨었던 얼굴들 다 드러나고, 누구도 내 모습을 보지 못하고, 진저리 치는 생으로 불거진 물집 하나 서러운 적요로 붉게 물든 열매 하나조차도 투명하게 사그라지는

내게 와서 내가 되지 못한 눈빛들이, 돌을 뚫고 깨부수던 말들이, 견고한 나무의 길로 위장했던 내 비린 상

처들이, 어둠을 혼자 견뎌 내던 새들조차도 흔들리며 다 흩어지겠습니다.

이 봄비 그치면 취우 속에 가만히 들어 몸으로 번지는 비취색 나뭇잎 하나 배후로 삼아 한 밤 한 낮을 꼬박 잠들겠습니다. 단 한 번도 따뜻한 적 없는 시리 조각에 잠겨 한 밤 한 낮을 꼬박 잠들겠습니다.

주머니 속 시리 두 조각, 긴 세월 지나도 맞부딪치는 소리 잇몸 시리게 쩡쩡거립니다. 이 봄비 그치면 취우 속에 가만히 들어 한 밤 한 낮을 꼬박 잠들겠습니다.

* 푸른 나뭇잎에 매달린 빗방울.
** 자갈을 쌓아 올린 담벼락이나 돌무지.
*** '시루'의 제주어.

무등이왓*

들썩이는 몸에 화인(火印) 찍는 번제로 빈 하늘에 새겨진
겨울 아이들 발자국 하나, 둘 꼭꼭 짚으며
신화역사의 길에 주렁주렁 매달린
속 빈 두레기 같은 집터 되고 싶지 않은 무등이왓 간다
아이들이 흘리고 간 별자리 따라 무등이왓 경계를 넘는다
경계를 넘는 일은 마음을 바꾸는 일

불에 터진 옹기에 밴 배음(背音)이 들린다

재채기 참을 수 없다는 듯 광신서숙에서 들려오는 아이들의 웃음소리
밀메역** 풍년이던 남쪽 바다 내려다보며 내뱉는 어머니의 한숨 소리
불치 든 가름팟에 뿌리내린 겨울 놈삐들
벌써 봄이야!
퍼런 잎으로 철없이 기지개 켜는 소리

가다가 끊긴 내 손금에 불에 터진 옹기 조각 잇대면
해와 달의 길이며 별이 지나온 오랜 길이 돋아 오르고
마른 억새로 피운 아궁이 불씨처럼 사그라진 어머니의
쉰 목소리 들린다

선동하는 봄도 싫다
혁명에 목마른 여름도 싫다
헛기침 하나 없이 후박나무 거친 등에
불쑥불쑥 붉은 잎 솟아오르는 가을도 싫다
언 발자국 선명히 남기는 겨울도 싫다
신화가 되기 싫다며 내뱉는 말에 놀라
푸덕푸덕 대왓 위로 날아오르는 겨울 장끼 한 마리

말 떼 앞세우고 석교(石橋) 건너오는
곶쟁이인 아버지의 긴 그림자 뒤로

달의 한 생이 다시 뜬다

피 한 방울 묻지 않은 마을 표석 돌고 돌며
다 피우지 못한 송악꽃 속에서 뜨고 지던 저 달

누가 카인의 증표를 그 손에 쥐어 주었나
총부리 겨누고 방아쇠 당기고 사람들 등에 잉걸불 던졌던 사람들
이름 한 자 적혀 있지 않은 몰자비(沒字碑),
겨울 하늘에 새겨진 아이들 이름 한 자 적혀 있지 않은
몰자비 위로 귀향하듯 닻을 내리는
동짓달 열이틀 저 달빛

허한 내 등에 닻 내린 겹겹의 달빛 또 기운다

떠올라라, 내일 다시 등 위로 떠올라라

* 4·3 항쟁 때 전소된 화전마을. 지금도 130여 호의 집터마다 족대들이 군락을 이루고 있다. 1948년 12월 12일 토벌대에 의해 죽은 사람들을 가족들이 수습하러 올 것이라 예상하고 잠복해 있던 토벌대는 가족의 시신을 수습하러 온 19명에게 전날 죽은 가족의 시신 위에 누우라고 한 뒤 멍석과 지푸라기를 덮고 석유를 뿌려 생화장했다.

** 미역을 벤 자리에 다시 돋아나는 미역. 밀메역이 많이 나면 비가 많이 내려 보리 흉년이 든다고 한다.

거슬러 올라 닿는 침묵들

…… 나

내 세계는 불한당처럼 자주 고장을 일으키지 않아
저녁 무렵엔 씨앗
언제 깨어날지 기약 없는
단지, 씨앗.

침·묵·한·다

씨앗 속 얌전한 숟가락 같은 겨울잠,
이를테면 오랜 기다림
오래전에 내게 도착한 발자국들의 침묵을 되짚으며
거슬러 올라 닿는 침묵
그런 침묵, 그렇게 닿은 흐린 아픔.

…… 당신

네 숨소리 아닌 메마른 내 숨소리만 혼자 듣는 겨울 아침, 몇 발자국 떨어진 곳으로 파장으로만 막 도착한 너에게 물이랑이라는 이름을 붙인다. 물이랑과 물이랑의

간격, 겨울나무 껍질 같은 이 한 겹의 물이랑을 맘 놓고 쉽게 건너지 못한다. 한 겹을 건너지 못해 제자리에서 몇 겁(劫)을 출렁이는 내 맘을 오늘은 하얀 종아리를 걷어 올린 아침노을이 혼자 건너간다. 네 맘 아래의 수천 길 벼랑, 그 벼랑의 벽을 타고 숨차게 오르는 내 맘을 읽힌 지 이미 오래. 천 년 아니, 만 년이 지나도 내게 도달하지 못해 낯선 해류만을 타고 흐르는 네 맘을, 나 또한 어쩔 수 없이 너에게 거슬러 닿지 못하는 내 맘을 혼자 읽고 또 읽는다. 환한 웃음 속에서 제 장례를 이미 예감하는 꽃들처럼 내일에 도달하지 못할 우리는 애초 만나도 서로 비껴가야만 하는 해류임을 예감하고 있었는지 모른다. 내 눈빛과 네 눈빛이 먼바다에서 서로 비껴가는 격정의 난류(亂流)임을 이미 알고 있었는지도 모른다. 한 걸음도 다가서지 못하는 저 겨울 물빛 위로 아침노을, 저 혼자 건너간다.

…… 나와 비슷한 꽃
지금 그곳에 있는 게 아닙니까?

그곳에 있는 건 바로 꽃입니다.
혹 꽃의 잔상인지도 모르겠습니다.

꽃의 견고한 형식에 가닿은 적이 있다.
꽃을 매달지 않았으면서도 꽃의 이름을 가지는 꽃의 확장성
뿌리 다 뽑혔으면서도 자기의 영역을 거느리는 꽃의 폭식성
그 엄숙하고 가벼웠던 비유.

…… 다시 나
거슬러 올라 만나는 저물 무렵에는 아픔이 있다는 것,
한쪽에 그런 꽃의 문장이 있다는 것.

나는 알 수 없는 울음으로 시작되었다. 그러기에 "나는 태어나면서 울음을 터트렸다"라는 문장은 여전히 알 수 없는 비유.

…… 엄마
먹지도 않을
통밀 14퍼센트 오리지널 다이제를 책꽂이에 끼워 놓은 채
오늘도 조용필을 듣는다.

30여 년 전, 입대를 앞두고 빈방에 혼자 누워 있을 때, 어머니가 다 큰 아들의 방에 붉은 포장지의 다이제 한 통을 말없이 들이민 적이 있었다. 그때도 내 곁에서 조용필은 "여기 길 떠나는 저기 방황하는 사람아 우린 모두 같이 떠나가고 있구나…… 어떤 날은 웃고 어떤 날은 울고 우는데 어떤 꽃은 피고 어떤 꽃은 지고 있네……"라고 흐린 오후 창밖 하늘을 향해 노래를 부르고 있었다.

…… 아들
조용필을 들으며
운동화 뒤축을 꺾어 신은 적이 있다.
까까머리 시절,
그 후 오래도록 운동화 뒤축을 꺾어 신지 않는 시간을

살아간다.

운동화 뒤축을 꺾어 신은 일곱 살 아들을 내려다본다. 계단을 내리는 아슬아슬한 발뒤꿈치가 불한당 같다.

그대로 놔둔다.

…… 다시 엄마

유통기한도 확인하지 않은 채 붉은 포장지의 오리지널 다이제를 며칠에 거쳐 하나씩 하나씩 꺼내 먹는다. 물도 커피도 없이 먹는 다이제가 흐린 길에 밀려 이전처럼 거칠지 않다. 마지막 남은 비스킷이 많이 누져 있다. 곁에선 여전히 조용필이 "다시는 생각을 말자 생각을 말자고 그렇게 애타던 말 한마디 못 하고 잊어야 잊어야만 될 사랑이기에 깨끗이 묻어 버린 내 청춘이건만 그래도 못 잊어 나 홀로 불러 보네 사랑은 아직도 끝나지 않았네……" 라고 노래를 부르고 있다.

그냥 놔둔다, 듣는다.

…… 다시 당신
짙은 소금기 밴 바람 속에
삼밧구석 흐린 하늘을 베고 눕는 겨울 억새들
비등점 낮은 울음에 젖은 내 시계(視界)에서 하나둘 사라지는 오후 무렵

한곳에만 서 있어서 끝내 서로에게 도달할 수 없는 꽃들처럼

침·묵·한·다

…… 또다시 나
내 세계는 불한당처럼 고장을 일으키지 않아
저녁 무렵엔 다시 씨앗,
문 닫힌 방 안에서 한줄기 빛의 시간을 기다리는
단지, 씨앗.

겨울 문장

아랫도리가 하얀 아이들의 눈망울에 뿌리내린 티눈처럼 다시 찾아온 겨울 숲, 큰넓궤입니다.

내가 온 줄도 모르고 무방비 상태로 등 돌려 가부좌를 틀고 있는 겨울 숲. 낡은 담벼락에 내주었던 내 등짝의 오랜 표정 같아 그 뒷모습만 바라다보는 사이, 몸 가까운 겨울 숲에 벌써 흐린 저녁이 찾아옵니다.

숲에 새겨지는 구름의 저녁 문장들, 오래 지내다 보면 서로 닮아 가나 봅니다.

정월 열여드레 달의 그림자 새겨진 저 숲을 향해 긴 침묵을 건넵니다. 잎 돋고 지고 또 돋고 지면 저 숲도 내 침묵에 대답할 것 같습니다. 빗줄기보다 더 가는 마음에 교차 없는 길도 날 것 같습니다.

집으로 돌아가는 골목 안 담벼락은 말을 지워 버린 아이들의 낙서로 제빛을 얻습니다. 벽의 꽃은 이미 피어난 채 태어납니다. 그 배후는 어둠입니다. 내가 오래도록 끌고 다니는 전생의 배경입니다.

제빛이 아닌 것들은 모두 서둘러 내 곁을 떠나갔습니다.

골목 안 아이들의 아랫도리는 잔소리로 인해 더욱 짧아집니다.

등 뒤에서 죽은 사람들의 침묵 위로 천천히 밤의 둑이 무너져 내립니다.

제 이름을 감춘 몇 마리의 새가 어두운 골목길을 따라 날아갑니다. 번뜩이는 그림자들의 눈빛 안쪽입니다.

차가운 소주를 마실 때마다 절울이* 아래에서 시작된 울음이 들려옵니다. 그런 날은 흐린 밤입니다.

피멍 든 성기 움켜잡는 차가운 밤입니다. 창 안쪽에 내린 비로 겨우내 입 꽉 다물었던 내 문장들이 다 드러납니다.

나를 가둔 밤의 문장 밖을 걷습니다. 단문으로 내는 길이 새벽 치자꽃 향내 짙게 밴 겨울 문장을 만듭니다.

수척한 내일이 벌써 문 앞에 와 있습니다.
천사의 얇은 아랫입술을 혼자 삼키는 새벽입니다.
천사의 거친 발뒤꿈치도 망설임 없이 삼킵니다.

낡은 역사처럼 서 있는 큰넓궤 겨울나무들이 제 모습이 비친 흐린 하늘 아래에서 내 시간을 펼쳐 음운(音韻) 하나 하나를 확인하고 있을 겁니다.

괜찮습니다.
부끄럽지 않습니다.

세상에서 처음 건네는 낯설고 긴 내 침묵에 말없이 팔베개를 내주는 이생의 첫 애인 같은 큰넓궤 겨울 숲이 고

맙습니다.

키 낮은 겨울 숲 허리에 돋은 단두대 칼날 같은 별들이 핏빛 가시지 않은 상처 위로 지고, 구름 한 점 없는 적막한 하늘 아래 엎드린 정월 열아흐레 달 곁에서 낮별로 다시 돋고 있을 겁니다.

이제 또 한 겹의 겨울 별빛 같은 이생의 문장 하나 내내 떨림으로 거느리게 되었습니다.

더는 만날 수 없는 오래전 이교도들의 사제여도 괜찮겠습니다.

티눈 박이지 않은 낮별의 겨울 눈망울 앞에 존중으로 엎드린 마지막 문장의 사제여도 괜찮겠습니다.

* 서귀포시 대정읍 상모리 산이수동 남쪽 바닷가에 있는 오름, 송악산. 절벽에 부딪쳐 우는 절(물결) 소리가 온 산에 울린다는 뜻의 이름.

연대(連帶)

햇볕이 도달할 수 없어 눈이 머는 오늘의 숨과 시간은 너무 차갑다. 몇 날 며칠을 천착해야만 내 밑바닥에 놓인 물의 냄새와 만나고, 그에 가까운 것들과 간신히 연대한다.

미미한 겨울 햇볕 되어 찾아간다.
애당초 나는 햇볕의 태생이 아니었으니
바람과 햇볕과 연대하여 바람 되고 겨울 햇볕 되어 찾아간다.

오래전으로부터 앞서 도착해
팽나무 빈 가지에 내린 햇볕, 폭설을 지나 도착한 저 햇볕.
그립다는 듯 햇볕 많은 곳으로 가지들이 휘어 있다.

길 가다가 끊겨 조난한 손금들의 연대 위에 내린
이 한 줌의 햇볕도 오래전으로부터 방금 도착한 것.

무등이왓 낮은 울담 다 무너진 경계마다 찾아와 핀
겨울 광대나물 꽃들
저 꽃들이 오래전으로부터 건너왔다는 사실을 나는 자주 잊는다.

나도 오래전으로부터 폭설의 겨울 바다를 건너
아픈 명치를 넘어 막 도착한 사람
자궁에 내린 씨앗 하나로도 내가 기우뚱 기운다
그림자 무게조차 감당할 수 없는 내 몸이 기운다
그 기울임에 기대어 뿌리를 내리고 꽃이 핀다
그래서 씨앗들은 내 기울어짐을 기억한다
씨앗의 기움으로 내 계절은 오고 뜨거움과 차가움이 다시 반복된다

오래전으로부터 먼저 도착해 뿌리내린
무등이왓 야윈 팽나무 앞에 서면
나무가 툭 내 몸 밖으로 튀어나올 것 같다

나무라는 말, 작은 문을 연다
오랫동안 걸어온 길 여기까지다
팽나무 옆구리 정도, 그 옆구리에 난 상처 근처 정도
딱 그만큼 걸어온 길, 숨을 고른다

오래된 팽나무가 제 속을 지워 말없이 이승의 젖은 자궁을 만들듯
나는 한없이 고요해야 할 사람
저 팽나무 빈 가지 흔들리는 속눈썹에 내린 겨울 햇볕으로
나는 제자리를 찾는다

팽나무 빈 가지 끝에 매달린 0그램의 그림자들,
창백한 그 문장을 읽는다.

피 묻은 배내옷
씻긴 한 톨의 흰 밥알
첫서리의 예감

아직은 종달새 노래와 멀리 떨어져 있는

저 적요의 눈물 덩어리

오래전으로부터 눈먼 밤의 폭우를 뚫고
도착한 바람과 겨울 햇볕의 연대를
제 몸에 깊게 새겨 넣은 무등이왓 팽나무 경전,
생일 케이크에 꽂힌 촛불 끄듯
함부로 읽지 않는다.
함부로 베껴 쓰지 않는다.

내 이름에 곧 다다를,
멀리서 또다시 오는 햇볕이 깊다.

봄, 무등이왓

겨울의 배후를 다 걷어내어 더욱 수척한
이 봄에 누가 또 말없이 다녀가셨나 보다.
무등이왓 늙은 팽나무 옆구리에 난 많은 상처들
들여다볼 겨를도 없이 막 지나칠 때
빈 팽나무 가지에 매달린
축 처진 어머니의 마지막 젖가슴 같은 두레기들,
그 빈 안쪽 들여다볼 겨를도 없이 막 지나칠 때
마음을 항시 앞세워 다니는 愛人같이
누군가 슬며시 팔짱을 낀 것도 같았는데
되돌아갈 수 없는 제 길 뚫고 떠오른 낮달,
그 차가운 뼈들 다 삼킨 표정으로
내 맘 앞세워 다니던 무등이왓 늙은 팽나무
내 곁에 우두커니 혼자 서 있다
그 등에 기대어 건너온 오랜 세월
차가운 맨발로 언제 건너왔는지
옆구리에 물들어 있는
나뭇잎 제빛 같은 푸른 자국들
겨울의 배후를 다 걷어 내어 더욱 수척해진 이 봄에

누가 또 무거운 제 전생의 등에 바람과 햇볕을 지고
나보다 먼저 무등이왓을 간신히 다녀가셨나 보다
어머니의 빈 젖가슴 같은 작은 빈터에 돋아 올라
자잘자잘 바람과 햇볕 읽어 내리는 봄빛 새싹들, 푸르다

2부

태풍을 대하다

江汀, 가다

— 몸을 뚫고 지나가는 것들

강정 간다.

江 큰 내 [강] 汀 물가 [정]

江汀, 간다.

다 지나가지 않은 계절의 골목길을 걸으며 태풍으로 생채기 난 강정의 나무들을 바라다본다.

감나무. 은행나무. 느티나무.

골목길 낮은 돌담 너머로 손을 뻗은 생채기 난 나무들을 바라다본다.

멀구슬나무. 대추나무. 배롱나무.

걸음을 멈추고 생채기보다 더 큰 상처를 가진 강정의 나무들을 바라다본다.

등나무. 삼동나무. 천선과나무.

상처를 입어 하얀 속살 다 드러난 강정의 나무들을 바라다본다.

팽나무. 벚나무. 찔레나무.

건넬 말 찾지 못해 나무 상처에 손바닥 가만히 갖다 댄다.

몸을 뚫고 지나간다,

어린(魚鱗)같이 젖은 눈빛들.

연애의 뒤편

뒷문을 연다.

뿌리 깊지 않은 하늘 끝이 붉게 물들어 있다.

비행운이 어지럽게 풀어지고 몸이 서쪽으로 기운다.

열하루 상현달이 떠 있다.

밟지 않고 오른 달의 아홉 계단을 내린다.

계단에 새겨진, 골목 안쪽에서 들려오던 낡은 오토바이 소리

천 개의 시린 손을 가진 아이들의 웃음소리

그 위로 가부좌를 튼 회색빛 구름

낮게 떠 흐른다.

등불이 먼저 켜지는 그림자 짙은 저층(低層)의 집들

표정 없던 서쪽 창문에 피가 돈다.

실어증 앓는 변압기가 침묵의 위쪽에 겨우 매달려 있다.

물 흐르는 소리 들리지 않아도

뒤란에 서 있는 나무는 침묵으로 제 키를 조금씩 키운다.

주름을 제 몸에 새김으로 나무들은 뿌리의 시간을 펼쳐 보인다.

주름마다 내 뒤편에 서성거리던 생명들이 깃들어 있다.
뿌리를 갖고 건널 수 있는 길은 많지 않다.
엘리베이터를 기다리다가 뿌리를 내릴 뻔한 날이 있었다.
그때마다 텅 비어 있던 내 방
그림자 없이 오고 가는 바람처럼 네가 멀리서 걸어온다.
저녁의 네 그림자를 깊게 생각하지 않았으므로
나는 이미 네게 없는 사람
제 그림자를 오래 들여다볼 때 뿌리 깊은 밤은 열린다.
달의 초단 아래 새겨진 적요의 마른 등짝이 보인다.
뒷문을 닫지 않는다, 실뿌리 없는 문의 아랫도리가 흔들린다.
되짚을 것 더 있다는 듯
창백한 나비 떼로 떠돌다 빈방 깊숙이 들어와
박히는

……무수한

달빛 파편들.

8월의 목련 아래에는

목련이 피기 전에 떠난 사람들이 있었다. 목련이 진 후
에 떠난 사람도 많았다. 짐과 핌 사이에 내가 서 있다.

밤이었다.
내가 아니어도 선(禪)의 그림자마저 다 삼킨
넓고 무성한 잎사귀를 가진 목련 아래
젖은 속눈썹 같은 내가 서 있었다.

꼭 오늘같이 하현달이 돋아 올랐다.
목련 아래 마냥 서성거리다가

울음의 비유는 봄이나 봄밤보다는
목련이 제격이라고 오래도록 생각했다.
"봄의 울음보다 봄밤의 울음보다
목련의 울음이지"라고 나를 오래 거슬러 올라야
겨우 만날 수 있었던 말, 비로소 내뱉던 그 말.

그 목련 아래에서 나, 나, 나를
열세 번이나 울부짖던 가롯 유다의 밤.

나무의 침묵에 내 이름을 깊이 새겨 넣던 밤이었다.

목련 아래의 울음이 완전체로 여겨지는 것은
내가 아니어도 내 이름 꾹꾹 짚어 내며
나무의 이름으로만 내내 살아가는
8월의 목련, 그 때문이었는지 모른다.

닫힌 문 안쪽에서 피투성이의 아이들이 또 태어나던

모든 게 오늘 같은 밤이었다.

섯알오름의 새비

불에 덴 오랜 내력으로 섯알오름* 새비**는 붉게 익어 가네

사람들을 ABCD 등급 매겨 가둔 어업 창고와 고구마 창고
가족들 몰래 학살된 사람들 겹겹이 암매장한 탄약고 터

섯알오름 단면에 날아가 콱 박히던 총성이 수척한 밤 뚫던 칠석날
가파도 사람들, 방향 잃은 섯알오름이 보내는 수백의 불 올림에 답신 한 장 띄우지 못했네

몇 겁(劫)을 제자리 뛰고 있는 물이랑에 젖은 별빛들 가장 먼저 껴안던 가파도 사람들
불맞춤 올리지 못했네, 납작 엎드려 바닥이 되어 버린 초가들도 침묵했네
뛰어내릴 절벽 하나 가슴에 품지 못해 섯알오름 휘이 휘이 거쳐 온 매서운 바람도 곧추선 등짝 낮게 낮추며

지나갔네

채 식지 않은 총 침상에 내던진 병영에서 기상나팔 울리지 않았네
상관없다 상관없다 이제 상관없다며 섯알오름 산목숨 향해
방아쇠 당겼던 그 손들 무엇으로 다 씻었나?

탄약고 터 위로 아침노을 비추면
섯알오름 가파른 단면에 새겨진 또렷한 총성 들리네
제 울음 속에서 뛰어내리는 아침노을로 세상 올곧게 세우는 섯알오름
불이 빚은 등짝에 잎새 하나 소중히 키우는 연유를 알겠다

오래전부터 섬사람들 귀향길 밝히는 도댓불 올렸지

병이 나면 하나 병이 위급하면 둘 칠성판 위로 등 뉘

면 셋

먼 섬이 띄운 횃불 받아 화신(火信)하던 불맞춤 있었지

붉게 익어 가는 섯알오름 새비,

누군가에게 급히 띄우는 화신이지

세상 여닫는 예의(禮儀) 보여 줌이지

* 1950년 칠석인 8월 20일 밤, 두 번에 걸쳐 250여 명의 예비 검속자를 집단 학살한 곳.

** '찔레나무 열매'의 제주어.

전향의 서(序)

철퍽 젖은 발소리 들릴 때마다
추운 꿈에서 깨어나 골목 밖을 내다보았죠.
기어이 제 그림자를 앞세워 오는가.
흐린 달빛에 의지해 힘겹게 경계를 넘어오는가.
젖은 발소리가 수상하다고요?
무슨 그런 말씀을
이미 오래전부터 밤마다 들리던 젖은 발소리 때문에
견디다 못해 두 손 들고 전향(轉向)하려고 작정했죠.
어느 쪽이냐를 묻는 겁니까?
그러니까 내가 지금 어느 쪽으로 전향했는가를 묻는 겁니까?
그렇다면 붉은 꽃이 지는 쪽으로 전향했다고 해 둡시다.
무슨 꽃이냐고요?
'붉은'이라는 단어가 수상쩍다고요?
그럼 꽃이 지는 쪽이라고 합시다.
지금 꽃이 지는 방향이 어느 쪽이냐를 또 묻는 겁니까?
집요하군요.
바람이 불어온 쪽입니다.

바람이, 아직도 이승의 벽에 걸려 있는 아버지가
텅 빈 집터를 빠져나간 쪽이기도 합니다.
회색분자 같은 얘기를 한다고요?
꽃이 지는 방향도 바람의 방향도 의심을 받아야 합니까?
그럼 당신도 잘 아는 불칸낭*에게로 전향했다고 해 두죠.
그 정도 오래된 나무면, 그 정도 오랫동안 흔들림을 보여 줬으며
오백여 년 나이테를 다 지우고도 그렇게 묵묵히 견뎌 왔으면
두 손 들고 전향하고 싶지 않겠느냐고요.
오래전부터 나무에게로 전향하고 싶었죠.
빨갱이 나무가 아니냐고요?
그럼 그 나무를 낡고 녹슨 철 대문이라고 해 두죠.
철 대문 열리며 관절 삐걱거리는 소리 쪽이라고 해 두죠.
돌아가신 당신 어머니가 생각난다고요? 그렇군요.
그럼 내 전향이 당신 어머니가 건너온
캄캄한 세월 쪽으로 이루어졌다고 해도 괜찮습니다.
당신 어머니의 젖은 발소리가 흐린 달빛에 의지해

오랜 세월의 경계를 힘겹게 넘어오던 그날 밤,
두 손 두 발 다 든 제 전향이 이루어졌습니다.

* 조천읍 선흘리에 있는 오백여 년 된 후박나무.

신발

이름만 부르며 짜디짠 생을 살아간다는 것은 서글픈 일이다.

정월 열엿새엔 부적이 있는지 집 안을 뒤지고, 당뇨 개선에 좋다며 옆집 형님이 준 가시투성이 음나무도 내다 버린다. 목에 걸리지 말라고 마음에 묵혀 두었던 가시도 제거한다.

정월 열엿새 오후엔 귀신이 따르라고 먼 길 돌아 수산(水山) 형 찾아간다.

귀신이 놀라지 말라고 한밤에 콩을 볶지도 않고, 있지도 않은 목화씨나 고추씨를 구해 현관 앞에서 태우지도 않는다.

살아 보지 않은 시간조차 미리 검속 당해 짐칸에 실려 섯알오름으로 향하던 마지막 밤길을 신짝으로 알렸던 백서른두 명의 사람들 신고 가라고 엎어져 있던 내 신발들도 정돈해 가지런히 놓는 정월 열엿새. 하나둘 서둘러 흘러가던 흐린 창불들보다 먼저 집 안의 모든 불을 끈다.

국경을 넘던 발자국 이미 푸른 물결 따라 다 흘러갔지만 고향에 두고 온 가족을 향해 등 굽은 모습으로 얼어붙은 채 서 있던 두만강 변 신발 한 짝, 짐칸에서 어둠 속으로 내던져진 그 신발짝 이국 땅 도문에서도 본 적 있다.

잘못 볼지라도 딱 한 번, 허깨비로라도 보고픈 얼굴들이 있다.

오름에 새겨 넣은 문장

> 내가 아버지의 아버지이고 나무가 나무의 나무였다면 애초 내 맘은 불이었겠다. 귀향길 오른 화롯불이었겠다. 그러니 어머니, 아버지. 봄에 꼭 돌아온다고 했으니, 그 봄 짧은 줄 알았다. 여름이면 끝날 줄 알았는데 발밑에 꽃이 지고 또 겨울인데 여태껏 돌아오지 않는다. 가을 가고 또 빈 가을이다. 벌써 허연 서리 내린 지 일흔 해, 계절은 순서 없이 오고 또 미쳐서 가고 있다.

오름 사이에 갇힌 바람, 태어나기도 전에 잃어버린 내 울음을 닮았다. 저 바람과 몸의 공명, 이 공명으로 나는 울고 이 공명으로 나는 천천히 묽어져 간다. 오름과 오름 사이를 흐르는 숨결들, 그 숨결과 내 몸의 공명이 내 마음이었음을 너무 늦게 깨닫는다. 훅 불면 나가떨어질 미열 같은 날들이었다.

"이것이 중심이다"에 가닿는 순간 모든 게 사라지는 나는, 애초 '그립다'라는 말이었는지 모른다. 그렇지 않고서는 이렇게 오랠 수가 없다. 얼마나 더 오래도록 건너야이 '그립다'는 말 한마디 다 건널 수 있을 것인가. 마음의 일이라는 것을 알면서도 앓는다.

왜 이리 처음 가 보는 골목과 사거리가 많은 것인가. 오늘도 처음 가 보는 낯선 골목과 네거리에서 서성거리는 밤, "마음보다 몸이 더 먹먹하다"라는 문장을 오름 사이에 쭈그리고 앉아 생각한다.

낡은 전화기 속에서 "아빠, 왜 빨리 집에 안 와?" 하고 일곱 살 아들이 내 귀문을 단숨에 열어젖힌다. 머뭇거려서는 안 되는데, 빨리 집으로 돌아가야 하는데

'돌아간다'라는 말이 너무 오래되어 무슨 의미인지 떠오르지 않는다. 잃어버린 것이다. '돌아간다'라는 말은 아직도 희망이 남아 있다는 말, 아직 더 흘릴 눈물이 남아 있다는 말. 내가 떠나지 않은 오름은, 내내 말이 없다. 그립다는 표정이다.

기러기 돌아오는 한로도 어느새 지나가고 벌써 상강이다. 누군가 집으로 돌아가지 못한 송령이골*에 다시 첫눈이 내린다고 한다.

* 1949년 1월 12일 의귀국민학교 전투에서 사망한 무장대의 시신이 집단 매장된 곳.

지박령(地縛靈)*

— 시린 사랑

한곳에 오래도록 눈 감고 누워 있으면
얇은 눈꺼풀 뚫는 한낮의 겨울바람
문상하듯 송령이골 찾아온다.

이 차가운 계절 지나가지 마라.
연둣빛 그리움만 말없이 돋는 3월 찾아오지 마라.

와불(臥佛)처럼 드러누워 집으로 향하는 마음의 방향
흐리는 4월, 다시는 찾아오지 마라.

돌아갈 사람들 길 잃게 하는 8월의 첫날도 마지막 날
도 차라리 찾아오지 마라.
골짜기의 길 다 가려 집으로 향하는 발끝
푸른빛으로 흐리게 하는 계절이 싫다.

소식 끊겨 희미해진 얼굴에게로 되돌아가면 되니
그 얼굴들, 푸른빛으로 가리지 마라.

바람과 햇빛이 자유롭게 드나드는 올무를 누가 역사(歷史)의 이름으로 환하게 매달아 놓았나.

바람으로 되돌아가고, 올무에 걸려들지 않는 겨울 햇빛이 되어 찾아갈 이생의 마지막 임지.

떠밀려 온 발자국 되짚지 않아도 떠오른다.

마음의 솟대, 이렇게 선명한 겨울나무로 서 있으니

아이들의 관자놀이 뛰는 소리 가까이 들려오니

그리움도 깊어져 만선이 되면 겨울 숲처럼 눈물이 스며 나지 않는다.

집으로 돌아가는 골짜기의 길 가리는 진초록의 계절, 제발 오지 마라.

귀향길 환한 길 다 드러난 겨울 숲 가리는 은성(殷盛)한 8월 찾아오지 마라.

올레길 돌고 돌아 불어오는 겨울바람 찾아오면

집에 두고 온 천사의 얼굴들 겹겹이 떠오른다.

* 특정한 지역에 머물고 있으면서 저승으로 떠나지 못한 영혼.

비켜 가지 않고 바로 가는 강정(江汀)

그림자 길게 남아 있는

강정천 말간 물결들 한라산 향해 겨울 물빛 거슬러 오르는

오후 다섯 시가 되지 않은 네 시 오십팔 분

삼보일배로 참회 아닌 봄을 이영차 이영차 끌어당기는

강정천 늙은 신부(神父)의 시간

사람들 그림자로 가득한 강정천 운동장

정월 하고도 스무하루, 단출한 강정 사람들의 마음 깊이 밴

구럼비 바위 폭파, 추념의 시간

운동장 안의 그림자들이 약속이라도 하듯

모두 한라산을 향하는 시간

꺾여도 직선만을 고집하는 그림자의 마음들도

흐르는 물그림자도 떠도는 눈물 한 방울의 그림자도

산방덕이 눈물 밴 단앳길 돌고 돌아

'출륙금지' 네 글자 추사체로 제 몸에 새겨 넣고

강정천 거슬러 오르는 바람의 그림자도

노란 빈혈 위로 피어오른 저 작은 강정천 유채꽃 그림

자들도
　검은 전투복 입은 경찰 특공대도
　운동장 밖에서 사복 차림으로 어슬렁거리는
　경찰청 정보과에 근무한다는 옛날 선배의 눈빛도
　몰래, 예쁜 애 하나 몰래 봉긋 임신한 한라산을 향하
고 있는
　정월 하고도 스무하루 오후 네 시 오십팔 분
　한쪽으로 기운 운동장 안팎의 어깨들이 어딘가 모두
닮아 보이는
　큰 내 江의 시간, 물가 汀의 시간,
　어린(魚鱗) 같은 해 아직 지지 않은 시간.

태풍을 대하다

갯메꽃이 활짝 펼쳐지기엔 너무 이른 시간이었다. 밤이슬에 젖은 나비들이 날개를 펼쳐 체온을 높이고 있었다.

갑자기 태풍이 방향을 바꾸었다고 했다. 비켜 가던 태풍이 나를 향해 올라온다고 했다. 꽃잎들 저마다의 영역 속에서 편히 잠든 날이었다. 습관적으로 나무의 직립만 닮아 가는 나를 찾아오나 싶었다. 울음의 옹이를 잊고, 옹이에 깃든 침묵의 나이테를 잊고 수평선 너머 바깥세상만 내다보는 나를 저렇게 찾아오나 싶었다.

수국의 길을 좇는 달개비가 수로를 따라 꽃을 피우고, 하늘타리 그 하얀 꽃들이 울타리 밑으로 뚝 뚝 지던 아침

그러니까 오늘은, 당신이 바다의 몸으로 돌아간 날이었다. 태풍 방향이 바뀌었다고 해서 당신이 꽃으로 피어나지 못했나 싶고, 떨치고 가야 할 것이 아직 남아 이리 서둘러 오는가 싶었다. 당신이 태풍 방향마저 저렇게 바

꾸었나 싶었다.

방향을 바꾼 태풍이 돌아온다는데 바람 한 점 없었다. 파도 소리만 유난히 크게 들렸다. 잊은 내 마음의 정본(正本)이 찾아오나 싶었다. 백 일을 견딘다는 배롱나무에 꽃이 피려면 아직도 한참을 기다려야만 하는 날이었다.

환한, 나무의 밑동

누가 '겨우내'라고 했나.

"겨우내 보일러 소리 한 번 들리지 않았다"라는 문장을 "한겨울 동안 계속해서 보일러 소리 한 번 들리지 않았다"라고 바꾸어 쓴다.

〈우리집 식당〉 뒤쪽 조립식 창고 방에서 새어 나온 불빛이 오래된 나무 밑동을 비춘다.

식당 앞을 지날 때면 눈빛 가린 미소로 손님들의 요구를 모두 받아 내던 여자. 목소리 한 번 들은 적 없는 이국(異國) 여자. "문을 꼭 닫아 주세요!"라는 스티커 때문이었을까. 계단참에서 마주칠 때면 고개 숙인 채 화장실로 들어가 딸각 하고 급히 문을 잠그던 스물댓 이국적이지 않은 이국 여자. 일 년째 마주쳐도 히잡에 가린 듯 속눈빛 한 번 제대로 볼 수 없던 인정 풍속 따위가 전혀 다른 남의 나라 여자.

납작 엎드린 오늘 밤도 여자의 창고 방에서 흘러나온

이국의 낯선 노랫가락에 간신히 실린 흐린 불빛 한 조각, 검게 그을린 나무 밑동을 말없이 밝힌다. 드러난 수많은 뿌리가 다 닳은 내 나라 불임의 우리 나무 밑동이 밤새 환하다.

흐린 저녁이 도착하기까지

얼음 같은 마음이 아니라 얼음 심장이라는 말이 설명도 없이 이해가 되는 날은 흐리다

봄인데도 등을 돌려 버린 성근 햇볕 때문에 등이 차갑다

물속이 다 보여 내 속만 들여다보다가 돌아오는 길, 따라오던 길을 뒤돌아본다 흐린 저녁이 이미 와 있다 맞은편에서 나를 읽는 중이다 지금 내가 바라보는 저 흐린 저녁의 얼굴이 바로 내 얼굴이다 희미하지만 뚜렷한 저녁의 숨결이 정확히 내 왼쪽 뺨에 와 닿는다 그러기까지 오랜 기다림이 있었다 흐린 저녁 속에 몸을 담근 길을 아이들처럼 또박또박 끊어 읽는다

*

길은 태어난다
자기 땅이 덩달아 수용됐다며

밤마다, 정박한 배 한 척 없는

제 그림자 속에 들어앉아

술잔 기울이는 김 씨

어제와 다른 달이 떠 있어 더 서글픈 밤,

깊어 간다

길은 자주 흐리다

가끔이 아니라 자주 떠오릅니다
누군가의 환생처럼 감나무 밑에 놓여 있던
전기밥솥의 낡은 내솥,
뜨거움을 다 내보낸 내솥 하나 자주 떠오릅니다
밥알 한 톨 남아 있지 않은 내솥이었습니다
누군가 한 날의 시간을 모두 지워 버려
한낮이었는지 저녁 무렵이었는지,

아침나절인지 기억이 나지 않습니다

기억에 남는 건 그곳이 무등이왓 몰방에*가 있던 자리,

뜨거움으로 마지막 숨을 멈추던 곳과 멀지 않은 곳이었습니다

그러니까, 아이들조차 잠복 학살하던 곳에서

뒤꿈치 살짝 들면 훤히 내려다보이는 가까운 거리였습니다

보리 성출 공고판 들여다보며 내뱉던

순한 눈빛의 아버지 탄식 들리던 거리였습니다

광신사숙에서 아이들 글 읽는 소리 울담 너머 너머로

또랑또랑 들리던 거리였습니다

강귀영 씨 우영팟**을 빠져나온 비명들

선명히 들리던 거리였습니다

* 연자방아.

** 1948년 11월 15일 광평리에서 무장대 토벌을 수행하고 무등이왓에 들이닥친 토벌대들이 소개령을 제대로 전달받지 못한 주민들을 집결시켜, 주민 10여 명을 팔다리가 부러질 정도로 구타했는데 덜 맞아 육신이 온전했던 사람들은 도망을 쳤고 나머지는 모두 강귀영 씨 우영팟에서 총살당했다.

부끄러움 없다며, 제 밑바닥 상처 말갛게 다 드러낸 내 솥에 말간 하늘 담겨 있었습니다
수면에 뜬 겨울의 빈 감나무 가지 드리워져 있었습니다
바람이 있었는지 없었는지
제 오래된 속 감추듯 누군가 나 몰래 옴츠리고 앉아 수면을 끄적거리는지 작은 파문이 일었습니다
말간 상처 위로 비친 내 얼굴 흐려졌습니다
이른 봄이었는지 연둣빛 감잎 하나 보이지 않던 그런 날이 있었습니다

길은 많은 것을 지운다

1
오늘은 방과 후 수업 없는 아이가
하루쯤 자기도 결석하고 싶단다.
일부러 애 학원 공부 빠뜨린 채
복병처럼 집에 든다

빈방에 오후 봄볕 저 혼자 한창이다

오래간만에 남향 창으로 드는 햇볕
온몸으로 다 받는다

얼마였을까?

빈방에 저 혼자 다녀갔을 햇볕의 많은 시간

남향으로 드는 봄볕, 여전히
어드메쯤 빈방 같은 주인 잃은 빈 집터
혼자 차지하고 있었겠다

옆착* 집도 그 옆착 집도 그 알착* 집도
그 우착* 집의 빈 집터에도
누군가를 오래 기다렸을 봄, 햇볕

눈가에 햇볕 와랑와랑하다

2

유년의 기억을 모두 무찌른 낯선 첫길이 쭉 뻗어 있다
아무 쓸모없는 자투리땅이 되어 버린 저 길
속눈썹 위에 내린 가벼운 달빛으로 회귀하는 유년의 길
되돌릴 수 없는 아버지들의 오래된 탄식 같다

길은 작위적이다
밤은 어둠이 아니고 어둠은 입 꾹 다문 밤이 아니어서
객사(客死)한 길을 자주 만난다

아홉 개의 문을 지나고
아홉 개의 달을 지나야
비로소 당신에게 도착한다
여전히 되돌아볼 곳은 당신에게 걸어온 내 길이다

* 옆착: 옆쪽 · 알착: 아래쪽 · 우착: 위쪽.

길은 차갑다

1

길 위에 대자로 쓰러져 있었다던 옆집 남자, 오래도록 소식이 없다

2

물은 흐르고 바람은 불기나 하는 걸까요

물에 떠내려갈 듯도 하고
바람에 실려 날아갈 듯도 한데

물과 바람은 침묵한다

세월 지나 눈이 흐려도 보이는 먼 마을, 망향(望鄕)한다
물은 무엇과 합류하고 바람은 무엇에 다다르는지

누운 내 몸 하나 떠밀 듯도 한데
누운 내 몸 하나 실을 듯도 한데

유령처럼 저 혼자 떠돈다

길은 심장이 없어 냉혹하다
따라가지 말아야 할 언 길이 기어이 발자국을 남기며 따라간다
그들이 멈춘 곳은 언제나 길의 끝,
침묵의 안쪽에 머리 처박은 길 밖

침묵을 휘저으면

일흔 해 폭설 속에
불 댕기듯
내[川] 터지듯
세 들듯
피어오르는
冬 겨울 동, 柏 나무 이름 백, 그리고 꽃

창백한 뿌리 내리고
긴 밤 꿰매며 폭설 건너
스스로 맺고 핀

붉은 겨울의 이름을 얻어 더 서러운

영남동(瀛南洞)* 동백꽃

길은 미끄럽다
미끄러지면 눈 밑 다 어둠이다

빛의 잔흔조차 남지 않은 어둠이다

단 한 번도 장난기로 찾아온 적 없던 어둠이다

* 1948년 4·3 항쟁 당시 중산간 지역 초토화 작전에 따른 소개령이 발효되었을 때, 대부분의 주민이 해안으로 내려가지 않고 마을 부근에서 생활하다가 50여 명이 토벌대에 잡혀 희생된 마을.

길은 갑자기 푹 꺼져 위험하다
겨우 면한 싱크홀 곁에서 당황해하던 신혼부부의 표정

오래전에 지나온 유년의 길 같다

길은 얼굴을 바꾼다
정들었다 싶으면 어느 날

노을 막 거쳐 온 바람같이

낯선 얼굴로 나타난다

길은 찬미의 대상이 아니다
우리는 언제 나무가 되고 꽃으로 태어나는가

가끔 길이 멈춘 곳에서 神이 벌거숭이인 채로 다시 태어난다

나무와 꽃은 신의 그림자,

멀리 목련 한 무더기 회개하듯 피어 있다

또 2월 가고 3월이다

이제 곧 한 밤 한 낮 침묵으로 이승 지나가는 4월이다

길은 금이 간다
부지런하기도 하다

낙관처럼 쾅쾅 내리찍은 붉은 저녁놀 속

오래된 콘크리트 실금 사이

어머니 세월로 노랗게 뜬

유년의 빈혈로 피어오른

괭이밥꽃

흐린 내 속엣것들 1센티미터 앞에 핀

저 괭이밥꽃 딱 한 송이,

부지런하기도 하다

끝이 있는 길

바닷속으로 제 모가지를 담근 많은 길들,

제자리를 지켜야 자신이 되는 문인 양 침묵한다

침묵은 길의 오래된 습성이다

길도 늙는다

우회도로가 난 후,

마을 사람들의 얼굴이 급격히 늙어 갔다

그 얼굴들, 한낮 골목에 흘러내린 호젓한 그늘 같다

이 길들을 매일 걷는다
내 앞을 걷는 길은 항상 먼저 집에 도착한다

염습(染習)의 반응 양식이다

얼굴이 쭈글쭈글하고 창백한 저녁달이 뜬다

페이지 넘김도 없이 제 길을 쭉 이어 가는 저 달

오늘 밤 어머니가 태어났다

길 위 저녁은 이렇게 일찍 도착하는데

집은 왜 이리 늦게 도착하는 것일까

*

누군가 곁에 있다면 그건 당신의 오랜 기다림 때문이다.

4월 3일, 저물 무렵

저물 무렵은 누군가에게서 묻어 오는 감정의 흔적들이다.

높은 담 이마 너머로 하나둘 형광등 켜진다.
이제 막 화살나무의 작은 싹들이 돋아 오르고
아기 손톱만 한 연둣빛 감잎들
그 곁에 세 그루 적단풍의 연한 잎들이
내 뺨을 스치는 바람에 소리 없이 흔들린다.
낮은 담 너머 아가의 여린 손금 조심스럽게 펴지듯
잎맥 펼치는 무화과나무, 장손의 표정으로 말없이 서 있다.
자잘자잘 꽃잎 매달린 마을 어귀 팽나무에
새소리 하나 들리지 않는 무렵이다.

일흔 해 전 그날도 이랬겠다.

각지불 하나둘 낮고 성근 돌담 너머로 번지며 켜졌겠다.
이제 막 화살나무 작은 싹들이 돋고

아기 손톱만 한 연둣빛 감잎들
그 곁에 적단풍 몇 그루의 연한 잎들이
보릿고개 넘기는 수척한 누이의 봄 뺨을 스친 바람에
흔들리고 있었겠다.
바람의 길 너그럽게 풀어놓은 낮은 담 너머 무화과나무,
아기 손에 난 여린 손금 조심스럽게 펴지듯
잎맥 펴고 있었겠다.

캄캄한 밤, 불로 일렁이며 붉던 오름들도
저녁노을 아래 낮 동안의 고단한 표정 가라앉히며
침묵의 밤으로 깊어 가고 있었겠다.
마을 어귀의 팽나무 자잘자잘 꽃잎 매달려 있었겠다.
새소리 하나 들리지 않는 날이었겠다.
성근 그늘에 꽃 핀 봄날 저물 무렵이었겠다.

간절함 없이 따라온 내 길 뒤돌아본다.
비어 있다.
먼 길 걸어온 얼굴들 들여다보고 있으면 눈물이 나듯

먼 길 걸어온 나무들의 길 뒤돌아보면 눈물이 스며 난다.
쭈그려 앉은 나무들 눈이 시리게 바라보고 있으면 새잎처럼 눈물이 돋는다.

그날도 백목련 개나리, 앵두꽃 벌써 진 봄이었겠다.
산 목련 피려면 조금은 더 기다려야 하는 날이었겠다.
마을 가까운 머흘왓* 밭담 위
으름과 멍 덩굴에 성급한 꽃들 한창이었겠다.

오랜 밤 거쳐 온 길 다 옷 벗는 봄빛 새잎들 앞에서
꽃잎들 앞에서
내 말들이 저녁 물빛처럼 침묵한다.

저물 무렵의 나무들,
누구도 심문하지 않는 침묵의 밤으로 깊어 가고 있었겠다.

* 지면에 돌 따위가 박아지고 자갈이 많이 섞인 밭.

사계(四季)

…… 봄비

잠에서 깨어나니
한 번도 본 적 없는
여린 잎사귀 위로 내리는 비

푸른 잎사귀에 간신히 매달린 수적(水滴)들,
쌍둥이처럼 서로 닮아 보인다.

비 내리는 날이라고 해도
하늘이 너무 흐리다.

깊은 골 다 메우던 푸른빛 지우며
집에서 너무 멀리 와 잔 것 같다.

…… 여름 나뭇잎

나무 아래를 걷다가
재잘거리는 나뭇잎 소리에 올려다본다.
하늘을 배후로 거느린 나뭇잎들,

말을 걸려다가 내 생각이 깊지 않아
그만둔다.

…… 가을 오리
퇴화된 오리 날개를 보면
먼 길 돌아와
젖은 속눈썹으로 몰래 스며든
음구월 열나흘 새벽 달빛이 건네는
옛 애인의 위로 같다.

괜찮다, 괜찮다.

물의 무늬 좇지 않는 오리들
정교한 물의 그물에 걸려들지 않는 저 오리들
물이랑에 내린 저녁노을 몰고 다니며
제 시간을 보내고 있다.

흘리고 온 마음 쪽으로만 수척하게 깊어 가는 가을빛

…… **겨울 눈빛**

겨울나무 밑을 한참 걸어왔을 뿐인데
얕은 물웅덩이에 처박혀도 하늘인
하늘의 엉덩이 걷어차며 건너왔을 뿐인데

내 눈빛 닿자마자 기척도 없이
기운 겨울의 어깨 쪽에서 날아오르는
민들레 씨앗들

걸어온 내 눈빛 너무 사나웠나.

…… **다시, 겨울**

겨울비라도 내려
가벼운 것들 모두 띄워 올렸으면
총총총 잎 다 떨군 겨울 산에 박힌 내 언 발자국
그믐밤 위로 모두 띄워 올렸으면
흐린 달의 뼈들 다 지웠으면

3부

풋사과의 내력

그림자가 묽어지는 시간

목련꽃 다 진 정류소 배후에 서 있는 내 그림자가 길다. 그림자가 길다는 건 내가 지나치게 어느 한쪽으로 치우친, 편향에 서 있다는 것 이상의 의미는 아니다. 그렇다, 나는 항시 어느 한쪽으로 치우친 편향에 서 있었다.

내 앞으로 커다란 녹색 덩어리가 지나가고, 잿빛 덩어리가 지나가고 편향으로 서 있던 내 그림자가 묽어지기 시작한다. 흰 승용차가 지나간다. 그리고 불량기 섞인 저녁 휘파람 소리도 지나간다.

어둠보다 묽은 그림자가 몸의 중심에서 떨어나가지 못해 징징대거나 내가 징징거린다. 적요의 가면을 쓴 어둠은 재빨리 혹은 아주 느리게, 단 한 번도 제 몸을 뒤척이지 않고 속을 바꾸며 짙어진다. 그 사이에 잿빛이었던 서쪽 하늘이 붉게 물들어 가고, 금세 붉은 빛이 지워지는 사이에 내 그림자가 물의 그림자처럼 더욱 묽어진다.

내 그림자는 내 몸이 간직한 만큼의 어둠, 그래서 내

어둠은 내 몸피만큼의 분량으로만 존재해 왔다. 그림자가 묽다는 것, 그것은 내가 세상의 모든 빛과 상쇄의 지점을 아직도 찾지 못했다는 것 이상은 아니라고 생각하는 사이에,

빛과 빛들이 서로 몸을 섞어 상쇄된다. 묽어지던 그림자들이 순식간에 사라진다. 그림자가 사라지는 순간이 세상의 모든 빛과 빛들이 상쇄되는 시간이 된다. 그리고, 내 몸이 간직한 어둠이 세상의 모든 어둠과 상쇄되는 순간이 된다.

치우친 편향으로 서 있던 몸의 중심이 지워지기 시작한다. 몸이 가볍다. 몸의 빈 곳이 모두 몸의 중심이 된다.

나무—나

— 페루난두 페소아*에게 띄우는 슬픈 신호

나는 오랫동안 나무였고, 오래된 나무는 내 망각의 뒷면이다.

멀리 가지 않아도 들리던 밍밍한 비명들
멀리 가지 않아도 불어오던 바람
나무와 나 사이에 싱겁게 떠돌던 안개
눈에 띄지 않는 것들이 왔다 가는 사이에
구름이 저 혼자 붉게 물드는 저녁이 펼쳐진다.

꿈을 얘기하다가 늙어 버린 사람들을 알고 있다.
꿈을 가져 보라는 얘기는 이젠 위로가 아니다.

나무와 나 사이에 피었다가 진 희극적 꽃들
나무와 나 사이를 지나갔을 차가운 발소리들
나무와 나 사이에 잠시 머물다가 떠났을 경계의 눈빛들
눈에 띄지 않게 왔다 간 것들의 빈자리를 지켜보는 사이 저녁은 너무 일찍 찾아온다.

나무와 나는 어쩔 수 없이 누군가를 닮아 버린 서로의 얼굴을 온종일 들여다본다.

한 발자국도 내디딜 수 없는 나무의 生에 대해
신(神)은 오래도록 대답하지 않는다.
나무의 말을 잃어버린 탓이다.

우리는 서로 누구를 닮아 가는지 잘 알고 있다.
단지 침묵할 뿐이다.

한 발자국도 내디딜 수 없는 나무와 나 사이로
눈먼 저녁이 슬며시 끼어든다.

부지런히 걸어간다고 목적지에 다 도착하는 것은 아니다.
바람 부는 날엔 나무도 제 국경을 넘는다.

낮보다 오래된 밤, 국경 밖에 내리는 달빛 푸르다.
아무도 몰래 나무의 등에 가시 몇 돋는다.

* 포르투갈의 작가(1888~1935).

혼야(昏夜)

한낮, 혼야* 속 고양이가 거침없이 운다

(내 그림자로 몸속이 가득 들어찼을 때에 내가 울듯 제 그림자를 붉디붉은 여린 혀로 다 삼켰을 때에 비로소 生을 위장하지 않은 고양이는 운다)

8월의 햇빛 속에 귀신처럼 깃든 혼야,
혼야 속에 홀연히 나타난 것을 보라
욕망을 다 지운 눈빛으로
존엄으로 물든 담을 하찮듯 막 뛰어넘은
저 고양이 한 마리 혼야 속에 서 있다
아무것도 쓰여 있지 않은 제 속을 모두 펼쳐 보이는
저 빈 경전
온몸으로 뜨거운 꽃들의 한낮을 혼자 견디며
살아 움직이는 저 사리 덩어리

한낮의 혼야는 편향성을 지닌다
모든 것에서 멀리 떨어져 있기도 하고

극단적으로 가깝게 다가오기도 한다
가깝다 못해 내 몸에 찰싹 달라붙어
가끔 내 몸이 되기도 하는 혼야
고양이로 찾아오기도 하는 혼야

고양이의 울음 같은 꽃의 꿈들이 핀다
봉인 속 목백일홍의 심연이 핀다
혼야의 붉은 징후들이 핀다

나와 고양이, 고양이와 꽃의 공명으로
8월의 햇빛 속에 귀신처럼 깃든 저 혼야를 보라

* 어둡고 깊은 밤.

봄날

…… 스며들지 않는

오래된 안경을 꺼내어 쓰자마자

몸의 가까운 곳으로 지나가는

치욕의 시간들

무료하게 서 있던 말의 그림자들

몸의 가까운 곳으로 슬쩍 비껴가는

…… 벌써 한낮

바람이 먼저였는지 뒤돌아봄이 먼저였는지 모르는

이미, 바람이 불고 있었고

이미 내가 뒤돌아서 있었고

…… 견딤

봄은 다시 봄으로 인해 살아 있어

다시, 흔들림으로 인해 살아 있는

빨래 건조대에 걸려 있는

내 몸피들이 너무 엄숙한

세상에 올곧게 갇혀 있는 아들의 아들 혹은

아버지의 아버지, 그 서러운 그림자들의 근원에 닿아 있는
세상에 갇혀 있는 봄에 가닿으면
바람이 먼저 불고 있었는지
내 뒤돌아봄이 먼저였는지
모르는

…… 전생
바람은 불고 있었고,
마침표가 없는 서술어들의 연속인 한낮
낮별들의 밍밍한 낮빛에 몰래 스며드는
시간의 근처 그 어디쯤에서 나 홀로 서성이는
내 뒷덜미로 몸의 감옥을 빠져나가는
하얀 나비의 서늘한 전생(前生),
환하게 보이는

풋사과의 내력

저물녘 물빛만으로도 풋사과의 심장이 뛰던 여기는
다정한 내 심장이 붉게 뛰던 곳

그림자 없는 나무 아래로 저녁이 찾아오는 여기는
내 이마를 향해 환한 밤으로 네가 건너오던 곳

뿌리로는 건널 수 없던 길들에 대해
오래도록 얘기 나누던 여기는
기억나지 않는 네 눈썹만으로도 마냥 서성거리다가
사과나무 헛손을 덥석 잡던 곳

태풍에 꺾인 가지에 매달린 사과 몇 세다가
기억의 공명에 밀려 자꾸만 개수를 놓치던 여기는
나를 닮은 종들도 번갈아 가며
차가움과 뜨거움의 눈물방울을 떨어뜨리고 간 곳

웃음이 다 완성되기도 전에 네가 떠난 여기는
꽃 진 쪽으로 마음 툭 던져 놓고

커브를 갖지 않은 심연으로
풋사과에 새겨진 내력을 내내 기억하는 곳

매혈(賣血)의 시간을 지나온 사과나무의 등에 기대어
엷은 달빛 국경에 번지는 내 심장 소릴 듣는 여기는
오랜 되새김으로 더욱 적막한 풋사과의 신전(神殿)

말에 치인 날은 흐리다

불규칙적으로 솟구쳐 오르는 말들로 유월 장대비는 내린다. 이런 날은 당신과 한자리에 처음 누웠던 곳이 잊히지도 않고 떠오른다. 창백한 달빛, 열기를 품은 몸의 숨결에 젖어 흔들린다. 비유가 그냥 싫은 날이다.

말에 겹겹이 새겨진 바다의 문장(紋章)들로 그믐달은 늑골 아래로 몰래 기운다. 젖은 별빛이 오늘도 당신이 잠든 창가에 머물다 온 모양이다. 어딘가에 두고 온 마음 때문에 바다가 몸을 뒤척인다.

하구(河口)에 떼 지어 있는 박제된 말들로 나무 속 빗소리는 들린다. 이런 날은 날개 다친 새들의 눈빛이 자꾸 떠오른다.

치사량(致死量) 없는 말들로 "거슬러 오르다 보면 내가 태어난 저물 무렵에 닿을 수 있다"라는 문장과 만난다. 이런 날은 어머니의 굵은 허리까지 폭설이 내린다.

소금기 잔뜩 달라붙은 비린 말에 치인 날은 아무 말 없이 흐리다. 이런 날은 그늘 속을 배회하는 고양이들의 밤이 빨리 찾아온다.

침묵하는 날은 내력을 알 수 없는 누군가의 전생에 불었던 바람을 떠올린다. 무거워서 더욱 뜨거운. 이런 날은 딱 하루, 낡은 오토바이를 탄 체 게바라와 남태평양에서 불어오는 서풍(西風)만을 생각한다.

나무의 귀*

날이 밝아올 뿐인데 눈물이 날 때가 있다.

나무에 들어가 있는 날들이 있다.**
그곳에서 하룻밤 지내다 보면 내가 놓쳤던 말들을 들을 수 있다.***

네가 없으면 세상을 견딜 수 없을 것 같았는데
……,
네가 없이도 잘 살아간다

당신 눈물과 내 눈물이 만난 적 있던가요
단 한 번이라도 내 눈빛이 당신 눈빛과 섞인 적 있던가요

내 마음은 나무여서
잘린 것은 나무가 아니라 내 마음이어서
냄비 바닥같이 뜨거운 내 마음이어서

상처에 몸을 웅크린 채 단 한 번도 밖으로 뛰쳐나간 적 없는 나무의 어둠을 오래도록 쓰다듬다가 말없이 가는 사람도 있다. 며칠 전에도 나무의 옹이를 오래도록 들여다보며 무언가 혼자 중얼거리다가 돌아갔다. 나무를 찾아오는 횟수에 비해 말이 점점 줄어드는 게 걱정이다.

내 몸을 뚫고 나오는 이 눈물
눈물은 연록의 잎
내 한숨은 연록에 겨우 걸터앉은 달빛
눈물이 뚫고 나온 출구마다 내려앉은 단단한 옹이들,
옹이는 네가 내게 들어왔다가 빠져나간 출구의 흔적

달까지의 거리는 삼십팔만사천 킬로미터,
겨우 내 한숨의 거리

나무를 찾아와서는 뜬금없이 달을 올려다보며 한숨만 내쉬다가 가는 사람도 있다. 바로 위층에 사는 여자인데, 새벽마다 계단을 바삐 내리는 그녀의 발소리는 한숨과 삼십팔만사천 킬로미터 떨어져 있듯 경쾌하다.

방해받는 새벽잠, 내 한숨은 깊이를 알 수 없는 긴 침묵으로 대체된다.

나무의 몸짓들, 그것은 사람들이 간곡히 표현한 마음의 흔적들이다.

* 가끔 나는 가장 조용한 곳, 나무의 오래된 중심에 나를 부려 놓는다. 그때 내 몸의 많은 것들이 나무로 대체된다. 나무가 아니었다면 많은 걸 그냥 지나칠 뻔했다. 나무와 함께 生을 건넌다.

** 나무에 들어가려고 마음먹었다면 머뭇거림 없이 단숨에 뛰어들어야 한다. 단숨에 뛰어넘지 못한 담은 두 번 다시 뛰어넘을 수 없는 거대한 벽으로 다가오는 것을 자주 겪었기 때문이다.

*** 예고도 없이 찾아와 밤의 나무에 고백하는 사람들이 생각보다 많다. 그들이 자신의 이야기를 털어놓을 때마다 아무것도 말해 주지 못할 때, 나는 불투명한 부재로 대체된다. 그런 밤이면 태어나기도 전에 잊었던 얼굴들이 떠오른다.

반야(半夜)*

그림자 없는 시간엔 혼자 산책한다.

몇몇 집들 환하게 밝히던 불이 다 꺼지면
창밖을 내다보던 문장들이 별 하나 뜨지 않는 반야로 찾아온다.

혼자 서 있는 나무 안쪽에서
몸 거슬러 오르는 물소리 묽게 들린다.
어쩌면 젖은 날갯짓 소리도 들린 듯하다.

이제 어두운 나에 대해 그 누구에게도 묻지 않는다.

천 번의 물음에 천 번을 침묵한 채
천천히 말라죽어 가는 나무와 함께 도착한
이 깊은 밤

내 몸을 빠져나갔던 불언(不言)의 빗방울 하나,
먼 단앳길 돌고 또 돌아

이제 막 내 이맛전에 도착한다.

* 깊은 밤.

창가

창에서 한 발자국 떨어져 있는 곳에 창가라는 말이 있다.

사람들은 창이 아닌 창가에서 부러져 속살을 드러낸 나무를 닮은 제 生을 반추하며 마지막 남은 시간을 보낸다.

자다가 느닷없이 일어나 싸우는 소리들을 창가에 기대어 듣고 달려오고 달려가는 새벽 바퀴 소리들도 창가에서 듣는다.

앞 시대를 잃어버린 망각의 달만 떠오르는 세상을 거꾸로 세워 두던 일과 바람과 밤의 문장들을 제 몸에 새긴 나무들에게로 전향한 일이 모두 창가에서 이루어졌다.

설거지 끝난 그릇들의 빛나던 침묵도 창가에서 혼자 지켜보았다.

누군가의 자리를 비워 놓은 채 마냥 기다리고 있는 것

같은, 오래도록 혼자 기다리던 모퉁이에서 막 돌아온 것 같은, 내 마음에서 몇 발자국 떨어져 있는 것 같은 창가라는 말이 좋다.

지금도 창가에 서 있다. 미열로 들떠 있던 밤이 막 지나가는 중이다.

유리(遊離)의 배후

유리의 배후는 무색무취.
기억의 무늬만 거느리고 다니는
바람구멍 숭숭 뚫린 말랑말랑한 벽,
단지 벽.

내가 서 있는 웅숭깊은 언저리도 무색무취. 오도 가도 못하는 내 기억의 언저리만 서성거리는 불투명한 벽, 단지 벽.

모든 날의 저물 무렵도 무색무취. 짓눌린 시간의 무늬들만 보여 주는 채석장의 거대한 벽. 늙지도 죽지도 않는 아버지의 벽, 단지 벽.

바그다드에서 활동하고 있는 무슬림의 소녀 전사,
사막의 밤바람 밴 총을 든 눈빛은 유색유취
벽의 배후가 아닌 벽
색도 있고 냄새도 풍기는
기억의 무늬들 앞세워 다니는

거대한 투명의 벽, 단지 벽.

기억들 날아간다!
잡아라!
저 벽들, 날아간다!

길 잘 찾아가는 법

걸어왔던 길을 되짚어가는데도 자꾸만 길을 잃는다. 어젯밤에도 아침에 집을 나설 때 보이지 않았던, 태풍에 꺾인 팽나무를 오래도록 쓰다듬고 나서야 간신히 집에 돌아갈 수 있었다.

제대로 집에 돌아갔다면 나는 걸어왔던 길을 되짚어간 것이 아니라 또 다른 길로 돌아갔기 때문이다. 걸어왔던 길을 되밟아 가면 영원히 집에 도착할 수 없다는 것을 나는 진작 알고 있었다.

집으로 돌아가다가 클린하우스 옆 전봇대 아래에서 달을 올려다보는 늙은 고양이의 눈빛을 바라본다. 오늘 밤 저 늙은 고양이의 눈빛에 고인 열나흘 달빛을 제대로 바라보아야만 한다. 그렇지 않으면 또 길을 잃어버릴 것이다.

고양이가 달을 올려다보는 눈빛으로 고양이의 눈빛을 바라본다. 오늘, 내가 제대로 길을 찾아간다면 그것은 저 늙은 고양이의 눈빛 덕이다.

오늘 밤 집을 제대로 찾아온 누군가의 얼굴을 자세히 살펴봐라. 혹 달을 올려다보는 늙은 고양이의 눈빛이 보일지도 모른다. 자신이 걸어온 길을 오래도록 바라보는 모습일 수도 있다.

봄 춘(春) 붉을 단(丹)

말더듬이 애인과 이별한 다음 날이다
앞집 女子가 8년째 빨래를 탈탈 털어 널고
이사 온 날부터 침대에 구겨져 있던
옆집 여자의 모습이 창백한 유리창에 어려 있다
이사 온 지 꼭 76일째인 옆집 男子는
베란다 짙은 그늘에 구겨진 꽃잎 몇 장을
여전히 혼자서 넌다
멀리 보이는 낡은 지붕 위로 붉은 해가
딱 두 뼘쯤 무심히 떠올라 있다
선원의 단조로운 목탁 소리가 먼 인연처럼 번져 온다
선(禪)과 원(院) 사이에 정좌한 키 큰 나무 정수리에
꽃그늘 하나 없이 환하게 핀 목련들
멀리서 봐도 불언(不言)인 붉은 달빛을 모두 삼킨 罪로
시린, 저 시린 흰빛들 너무 가깝다
눈가에 머문 소금기로 간신히 맞서는 아침
마른천둥같이 바삭거림같이 내게 도달한 봄날 아침
옆집 男子가 구겨진 꽃잎 몇 장을 또 혼자서 넌다
말더듬이 애인과 이별한 다음 날,

잔뜩 부어오른 목구멍으로 슬쩍 넘기는

봄 춘(春) 붉을 단(丹)

뒤척였으므로 찾아오는

여린 발톱 간신히 세워 밀어 올렸으므로
젖은 눈빛들 가닿는 연둣빛 싹이며 꽃봉오리다

세월 다 지나는 줄 모르고 피었으므로
빈 곳만 찾아다니는 바람의 귀들 흠뻑 적시는 꽃이다
그 곁에 머물렀으므로 깊이를 알 수 없는 울음으로
비 내리는 길 건너편에 저 혼자 서 있는 너다

맨 밑바닥 몇 뼘 위,
적요의 동맥을 살짝 그으며 떨어졌으므로
흐린 창밖 사람들 홀로 견디다가 돌아가게 하는 진 꽃이다
그 곁에 오래 머물렀으므로
지나온 모퉁이들 다 얼룩진 한 장의 낡은 유서로 남는 나다

무수히 일렁이는 잔물결 모두 잠재우는
파이프오르간의 낮은 음계를 좇아

차가운 이생의 창을 열고 이제 막 도착한 말더듬이,
뒤척이는 눈먼 씨앗들 찾아 망명한
뒤꿈치 환한 종족

이른 별들의 그림자 이끌고 찾아드는
이 봄……
　　　　　이…… 봄밤

꽃 독법에 대한 조언

제 속으로 몸 안이 흠뻑 젖는 저물녘, 창밖 멀리서부터 흐린 물빛 번져 온다. 내 심장의 스위치를 내리면 꽃의 심장 소리가 들린다.

꽃의 심장은 당신의 심장과 다르지 않다. 당신이 수많은 계단을 배후로 거느리듯 꽃도 수많은 계단을 배후로 거느린다. 그러니 꽃의 눈을 너무 오래도록 들여다보지 말아야 한다. 꽃으로 빨려 들어가 길을 잃어버리기 때문이다.

속을 내보이려는 꽃의 화려한 눈속임, 꽃은 다족류의 속을 가지고 있다. 꽃이 무너지는 것을 아직껏 볼 수 없었던 것은 당신이 꽃의 눈을 제대로 들여다보지 않았기 때문이다.

제 경계에 도달할 수 없게 만드는 꽃의 붉은 시간과 깊이를 가늠할 수 없는 꽃의 침묵을 견딜 수 있다면 꽃의 눈을 들여다봐도 좋다.

자신의 날개를 꺾고 꽃으로 투항한 몇몇 사람을 나는 알고 있다. 그들의 후일담은 들을 수 없었다.

연둣빛 싹들은 꽃으로 투항한 사람들이 세상 밖으로 밀어 올린 혀, 제 말을 전할 겨를도 없이 그 혀들은 금세 굳어진다.

오늘 아침에도 창밖에서 엿보는 꽃과 마주쳤다. 눈에 들어온 마지막 빛들마저 다 삼킨 어둠이 가득 들어찬 꽃의 눈, 가볍게 꽃을 읽어 나갔다. 어느 날 당신 곁에 꽃이 피어난다면 그것은 꽃의 의도된 행동이라는 걸 알아야 한다.

할 수 있다면 모든 꽃들의 목록을 삭제하라. 제빛 꽃들은 어둠의 내피를 더듬어 간신히 다다른 극지(極地), 날개를 스스로 포기해 얻은 마지막 진신사리(眞身舍利)이기 때문이다. 기운 어깨로 살아갈지라도 심장의 스위치 내리지 말라.

나무

비 오는 날에도 밤늦은 시간까지 화분에 물을 주는 종태 씨, 내달려 그늘에 막 도착한 먼 길 내다보는 나무 아래에서 잠시 쉬어 가라고 나무는 바람의 문장(紋章)을 위해 환한 제 이마를 내어 준다.

요즈음 자본주의를 열심히 읽는다는 창남 씨, 바람이 슬쩍 흔들어 놓고 가는 그늘의 가상(假相)을 보며 나무 밑에서 잠시 쉬어 가라고 나무는 적막의 뒤편에서 새겼을 제 생을 모두 펼쳐 보인다.

어릴 적 상기된 볼의 흔적들을 시의 선율로 변주하는 효선 씨의 고된 시간도 푸른 말의 그늘 밑에서 잠시 쉬어 가라고 나무는 누군가에게 제 생을 온전히 내어 준다.

남자 셋이서 한 여자도 제대로 지켜 주지도 못한다고 한숨 내쉬는 원갑 씨, 3층 사무실에서 내려와 뭉친 말의 잔 근육들을 점강법으로 풀며 잠시 쉬어 가라고 나무는 제 누추함을 밖에 둔다.

낯선 문장과 문장 사이에서 길을 잃게 하는 주희 씨, 문장의 문을 열고 나와 나무 밑에서 그늘의 징후를 읽으며 누군가 문장의 문을 두드릴 때까지 잠시 쉬어 가라고 나무는 문장(文章) 위로 온 生을 거쳐 긴 가지를 드리운다.

연록의 잎을 조용히 내미는 화살나무 젖은 눈빛의 영숙 씨, 나무 그늘에 새겨진 땅의 문장을 내려다보며 잠시 쉬어 가라고 나무는 자신을 오래 들여다보던 눈길을 거두고 누군가의 배후가 된다.

키 낮은 돌담길을 돌고 돌며 포크로 바람의 몸을 슬쩍 찔러 보는 민순 씨, 조용한 그늘에 젖어 보면서 잠시 쉬어 가라고 나무는 늦게 도착한 빗방울 무늬조차 제 몸에 새겨 넣는다.

Sweet cat이라고?

고양이 한 마리, 한낮의 뜨거운 계단을
단숨에 뛰어오른다.
차가운 존엄을 잃지 않는 저 비루한 거리의 수사(修士),
누구도 감지(感知) 못 하는 사이에
기어이 자기에게 도달한 고양이가
몸뚱이 하나로 낙관 없는 자신의 현세를 다 열어 보인다.

기억과 기대 사이에 잔뜩 웅크린 자세로
뒤돌아보는 저 한낮의 고양이
선과 악, 공허를 견지한 눈빛들을 단 한순간에
소등한다.

하, 텅 빈 심연의 바닥에 닿은 이 마음을 어떻게 하지?

어쩔 줄 모르던 오래된 이 마음조차
칼날마저 비껴가는 비극적 비음으로만 우는
고양이가 소등한다.

은둔하지 않는 수사, 저 고양이가 Sweet cat이라고?

낮달, 불립문자(不立文字)

앞서 걸어가던 낯익은 경전 한 권
굽은 허리로 녹슨 대문 안쪽으로 사라진다

허옇게 닳은 경전 모서리, 남루한 낮달로 매달려 있다

맨 끝에 젖는 마지막 눈빛,
돌이킬 수 없는 징후

어긋난 내 뼈들을 평생 감싸 안은 속살이 내보인
마지막 표정

균형 잃은 내 전생과
부풀었다가 사그라지기를 반복하는 이생 사이에
간신히 떠 있는 불립문자

4부

각주(脚註)로 가득한 날들

고어(古語)를 읽는 밤

— 각주(脚註)로 가득한 날들

환하게 깨어 있으면서도 몸의 말이, 말의 몸이 뒤척입니다. 자객처럼 복면을 한 말은 말을 월경(越境)하며 몸에 말을 포개고, 허연 달빛 아래 몸은 몸을 월경하며 말에 몸을 포갭니다.

古語를 읽다가 문득 아랫도리를 내려다봤습니다. 마음의 가장 먼 곳에 있으면서도 말을 몸으로 잘 알아듣던 발, 발의 몸피 위의 몸피인 구두의 뒷굽이 많이도 닳아 있습니다.

닳아진 만큼의 각도가 내가 세상에서 나 자신을 잃고 보낸, 기우뚱한 시간의 각도가 됩니다. 이미 사라진 구두의 뒷굽 부분을 뭐라고 불러야 하나요. 닳고 닳아서 사라진 수많은 구두의 뒷굽들을 뭐라고 불러야 하나요. 無인가, 空인가, 형체가 없어도 아직도 구두의 뒷굽인가, 아니면 몰래 환원된 내 몸으로 봐야 하는가를 오래도록 생각하다가 다른 몸피를 뒤집어쓴 것 같은 고어들을 다시 읽기 시작합니다.

지금 나는 고어에 관해서 얘기하는 게 아닙니다. 닳아 없어진 수많은 구두의 뒷굽에 관해서도 얘기하는 게 아닙니다. 말이 몸으로 몸이 말로 뒤척이는 밤, 밖이 속이 되고 속이 밖이 되는 밤입니다. 또다시 몸의 가까운 모퉁이에서 환한 꽃의 길이 시작됩니다. 또다시 몸의 가까운 모퉁이에서 윤구월 열나흘, 달의 길을 밟으며 꽃의 그늘이 이울고 있습니다.

남의 몸피를 뒤집어쓴 것 같은 밤. 몸의 가까운 모퉁이에서 짙은 피 냄새 스며 있는 이교도들의 교의(教義)처럼 몸을 뒤척이고 또 뒤척이며 홀로 깊어 가고 있습니다.

물활론*적인 밤입니다.

* 물건이나 현상이 살아서 움직이는 것으로 생각하는 것.

빈방

자고 일어나도 여전히 길 안
차가운 빈방을 열어 본다

흰, 텅 비어 있지 않은

눈빛이 닿기도 전에 사라지던
바로 저것
오늘은 방 모서리에 몸 담그다 말고
뒤돌아본다

환한 봄 기다리지 않는
권산화서(卷繖花序)의 마지막 꽃눈일지도 모를
저 눈빛

눈물의 근원

— 각주(脚註)로 가득한 날들

며칠 전 한라산 횡단 도로를 넘어갈 때였습니다. '어제 넘었던 한라산 중턱을 오늘 다시 넘는군'이라고 생각하는데 속절없이 눈물이 났습니다. 구부러진 길의 끝에서 다시 구부러지는 길의 반복, 봄 나무들의 표정을 살필 겨를도 없었습니다. 눈물의 근원이 몸 밖에 있다기보다는 내 안에 있다는 생각이 들더군요. 조금 전 생각했던 문장을 되짚었습니다.

어제·넘었던·한라산·중턱을·오늘·다시·넘는군. 어순에 따라 '어제'를 제일 먼저 떠올렸습니다. 어제, 아내와 함께 한라산 넘은 일은 있었지만 눈물 날 일은 전혀 없었습니다. 아내에게는 미안하지만 무슨 얘길 나눴는지조차 생각이 나질 않았습니다. 봄날, 화창한 오후에 부부가 함께 차를 타고 가면서 눈물을 흘릴 만한 감수성이 내게 남아 있지 않아서 가장 먼저 지웠습니다.

'넘었다'라든지 '넘는다'에 함축적 의미가 있는지를 생각했지만 뒤를 따르는 차들의 속도에 밀려 그럴 겨를도 없었습니다.

한라산, 그래 한라산 하면 많은 눈물을 자아내기엔 충분합니다. 복잡하게 생각할 것도 없이 무자년, 아니 '사월'이라는 단어를 한라산 곁에 갖다 놓는 것만으로도 눈물이 펑펑 쏟아질 수 있습니다. 더욱이 서늘한 산의 사월이란……. 하지만 조금 전 나는 그렇게 하지 않았습니다. 격렬히 쏟아지는 눈물도 아니었습니다.

벌써 문장의 중턱에 이르렀는데도 눈물의 근원을 찾을 수는 없었습니다. 그래서 '중턱'일 수도 있다고 생각했습니다. 인생의 중턱을 이미 넘었고, 한참이나 넘었으면서도 눈물을 흘리지 않았던 내가 고작 한라산의 중턱을 넘는다는 것 때문에 회한의 눈물을 흘릴 리는 없었습니다.

'오늘'과 '다시'만 남았습니다. 주성분도 아닌 고작 수식어 따위에 눈물을 흘릴 수는 없다고 생각했습니다. 눈물을 흘릴 때까지 그러니까 오늘 눈물을 흘릴 만한 특별

한 일은 없었습니다. 어제와 다른 일이 있기는 했습니다. 아내가 몸이 좋지 않아 어린이집 등원 차량에 내가 아이를 태워 줬던 겁니다. 그게 억울해서 눈물이 났느냐고요? 그런 사소한 일로 눈물을 흘렸다면 눈물의 근원이 너무 시시한 게 아니라 나라는 존재가 너무 한심하다는 생각이 들었습니다. 제가 한심한 존재이긴 해도 그렇게 쪼잔한 존재는 아닙니다.

이제 '다시'만 남았습니다. '다시' 하고 발음해 보았습니다. 몇 번 반복하니 받침이 없는 게 꼭 일본어 같기도 하고, 곁들인 안주로 해석되는 '쓰키다시'라는 말도 떠올랐습니다. 그때였습니다. 거참, 눈물이 주룩 나더군요. 이상하더군요. 가슴이 뜨거워지기도 하고, 절망 같은 것이 가슴 밑바닥에서 스며나더군요. 봄이 가장 낮은 밑바닥과 속에서 먼저 밀려 나오듯이 말입니다. '다시'라고 발음해 보았습니다. 백목련 한 송이가 가슴속으로 툭 떨어지더군요. 영원히 못 볼 그 꽃이 떨어져 내리는 겁니다. '다시'라고 천천히 발음해 보았습니다. 이번에는 붉은 아기

동백이었습니다. 떨어진 꽃들을 다시 본 적이 없다는 것을 그제야 깨달았습니다. '다시'라는 말 뒤에는 누구도 건널 수 없는 강이 놓여 있다는 것을 알았습니다. 눈물의 근원이 '다시'라는 말의 등에 끝 모를 영원(永遠)이 등을 맞대고 있기 때문이라는 것을 알았습니다. 가끔 '다시'는 건널 수 없는 심연이 되기도 합니다.

다음 주에 우리 다시 볼까요?

꽃

시퍼런 무청 삶는 냄새 물컹 풍겨 오던
저물 무렵, 누군가 곡진히 보내 주신
붉은 꽃봉오리 몇 송이

본 적 있네

금남로(錦南路) 한참 벗어나
환하게 뚫린 4차선 도로 한복판에
쉬잇!
먼 길 끌고 와
저 혼자 덜렁 떨어져 있던
낡은 운동화 한 짝
제 속이 붉다는 걸
모로 누운,
안팎이 뒤바뀐 몸으로 보여 주고 있었네.

저물 무렵, 누군가 곡진히 보내 주신
붉은 꽃봉오리 몇 송이

본 적 있네.

엉겅퀴

— 각주(脚註)로 가득한 날들

지게꾼이셨던 아버님 묘에
그립다고 웃자란 풀들

다시 관절염이 도지셨나?

아버님 누운 무릎 근처에 핀
보랏빛 엉겅퀴
차마 베어 내지 못하고
오래된 그리움으로 서 있으라고 그냥 놔둡니다.

구들장 지고 매일 채석장 흙 계단을 오르내리시던 아버님 위해 관절염에 좋다며 할머님께서 캐어 온 엉겅퀴 뿌리 한 바가지, 돌절구에 찧어 짠 즙을 마시라고 한 아주 오랜 저물 무렵이 있었습니다.

낮 동안에 뜨겁게 달구어졌던 채석장 돌들이 식고, 마당 한편에 서 있던 커다란 동백나무 속으로 아주 오래된 어둠이 내밀히 스며들어서야 겨우 하루살이가 끝나던 날들이 있었습니다.

가까이 가지 못하고 – 멀리서 느리게 휘어 도는 – 길 끝에서 – 그립다고 웃자란 풀들을 – 베어 내다가 – 보랏빛 엉겅퀴 – 차마 베어 내지 못하고 – 오래된 그리움으로 – 마냥 서 있으라고 – 그냥 놔둡니다.

틈이 내뱉은 단편들
— 각주(脚註)로 가득한 날들

작위적인 순서와 숫자, 반복되는 걸음은 배고픔과는
다른 망각의 또 다른 얼굴들이다.

자살한 사람들의 침묵이 스며듦으로 밤은 완성된다

밤이 몸을 쩍 벌린다
그 틈에서 걸어 나오는
나무 한 그루의 하얀 발들

뜨거운 말이 싫어
뜨거운 눈빛이 싫어

입김이 다 빠져나가기도 전에 겨우 끝난 말들

나, 어제로 돌아갑니다
나, 지금 어둡고 누추한 창고에 있습니다

이름조차 잘 알려지지 않은 밀교, 라엘리안 같은 어둠이 몸을 벌린다
작위적이지 않고 차갑고 엄숙한,
날 선 고백을 받는다

기다리면 된다
탁한 물이 가라앉아
말간 네 말들이 떠오를 때까지
내 얼굴이 떠오를 때까지

내가 맹타를 휘두르는 사이
고민 없이 망각으로 뭉그러진 달덩어리가 떠오른다

네가 내뱉은 말을 내가 닮아 가고 있다는 것을
알고 있다

한 걸음을 내디딜 때마다 부주의로 끼어든 많은 단편들, 수고로웠던 길을 따라온다

투명에 대한 명상
— 각주(脚註)로 가득한 날들

병실 깊숙이 들어온 햇빛,
의자에 앉아 오래도록 들여다보다
투명한 것들에 대해 생각하다
투명하지 않은 것들에 대해서도 생각하다
가을 햇빛에 대해 다 모르다
모노륨 깔린 병실 바닥의 배후에 대해서도 잘 모르다
몸 깊숙이 들어온 햇빛에 흠뻑 젖다
선잠 들어서조차 마음으로는 움직일 수 없는 것들에 대해
생각하다, 그리고 햇빛에 젖은 잠에서 깨다
투명한 여자와 불투명한 여자의 지난 시간에 대해
비유로 누워 있지 않은,
비유로 살아오지도 않은 어머니에 대해 한참을 생각하다
발끝까지 번져 온 햇빛에게 어머니에 대해
오래도록 명상하라고 맡기다
선잠 들었다 다시 빠져나오다
의자에 앉아 병실 더 깊숙이 들어온 햇빛을

몸이 어둠에 흠뻑 젖을 동안에도 들여다보다

어떤 신호

눈물은 밥물 같은 것. 이른 새벽 장롱 서랍을 열어 함께 떠나보내지 못한 어머니 옷가지를 본다. 새벽 빈방으로 스며드는 그것. 문득, 내 삶과 죽음이 시시해진다.

*

고구마 하나, 죽음에 이르러 제 몸 속엣것 일으켜 세운다. 싹 하나 겨우 눈을 뜬다. 그리움이란 저렇게 목숨을 거는 것이다.

*

날된장으로 밥을 비빈다. 도닥도닥 타들어 가던 아궁이 불 알 리 없는 즉석 밥, 전자레인지에 데워 혼자 비빈다. 오래전 날된장만으로 비벼 먹던 밥이 떠오른다. 가난한 밥에 슬며시 스쳐 지나가던 손 그림자 묻어 있기 때문일까. 몸의 한 부분으로부터 날이 저문다. 12층 창밖에 한 남자가 서 있다.

*

돌아갈 곳이 있다는 전제가 그립다. 돌로 꾹 눌러 놓았다고 그립지 않겠는가.

*

빈터에 던져 놓은 호박 한 덩이. 물컹하게 썩은 호박에서 젖니 같은 싹들 한 무더기 돋아났다.

*

벽도 넘으면 꽃이 되고 꽃도 넘지 못하면 벽이 되는 시절을 지나왔다.

하늘이 낮게 당겨져 있다. 한 노파, 걸어온다. 지나간다. 지나칠 뻔했다 저 하늘에 든 수많은 주름들.

*

내 길이 충혈된 까닭에 숨결이 아직은 가쁘다.

*

결핍은 어디서 오는가. 밖에 흘리고 온 게 많나 보다. 아무도 없는 창밖 내다본다. 지금도 내 눈빛은 나를 겨우 견디며 어딘가를 막 건너가는 중이다.

*

깊이를 보여 주지 않는 거울 속, 내가 거느린 어둠으로 가득하다.

골목을 빠져나온 바람

손차양이 필요 없는 날처럼 바람이 골목을 빠져나온다. 펼쳐진 책장(冊張)같이 살아와서 골목 안에서 나오는 것들이 궁금하다.

골목을 막 빠져나온 바람이 오른쪽 뺨을 스친다. 따닥따닥 걸어가는 여자의 차가운 아랫도리를 지운다. 봄은 차가운 발자국들을 지우고, 바람은 길 위의 발자국들을 공평하게 지운다.

골목을 빠져나온 바람이 달리고 달려 산토리니의 모난 하얀 지붕들을 다스리고, 카라코람산맥의 절벽을 향해 내달린다.

일 년 내내 겨울 표정으로 서 있는 절벽, 웃는 아버지의 모습을 한 번도 본 적이 없다.

내 눈만 종일 들여다본다.
소리도 없이 나는 너무 자주 웃는다.

종아리 검게 탄 아이들 소리가 바람을 뚫고 골목 안에서 돌움체로 뛰쳐나온다.

제 몸에 눌려 하얗게 갈라진 뒤꿈치처럼 딱딱하다.

골목 안에서 나오는 것들이 더욱 궁금하다.

통화

— 각주(脚註)로 가득한 날들

육칠 년째 반복되던
바쁜 토요일이었다.
투병하는 男동생에게서
전화가 걸려 왔다.

더 자세히 얘기할 수도 있다.

15년 넘게 투병을 하는 男동생에게서 2016년 2월 27일 12시 10분에 전화가 걸려 왔다. 몇 마디 안부를 서로 바삐 묻고, 무슨 말인가를 하려는 동생에게 운전 중이니 조금 후에 다시 통화하자며 내가 먼저 전화를 끊었다. 그게 마지막 통화였다. 동생에게서 전화가 다시 걸려 오지도 않았고, 내가 전화를 걸어도 문자를 남겨도 바다 건너에선 응답이 없었다.

목련이 피기에는
아직 이른
토요일 정오 근처,

내 生이 덜컹거리는
과속방지턱 위였다.

날것들, 속내가 불편치 않다

징검다리를 건넌다. 징검돌만을 말한다. 징검다리식으로 말할 때만 너는 알아듣는다. 징검다리를 읽고는 이해했다는 듯 진지하게 고개를 끄덕인다. 징검다리는 표정 하나 바꾸지 않는 병렬이다. 너는 환유적인 나를 이해하지 못한다. 그래서 징검돌처럼 단절된 얘기만 한다. 그래야 너는 이해했다는 듯 졸린 고개를 끄덕인다. 0과 1 사이에 나는 산다. 환유적으로 산다.

*

거울 속 내 그림자를 읽는다. 화려한 빛깔의 그림자를 보고 고개를 끄덕인다. 거울에 비친 내 모습이 불편하지 않다. 작은 강가에 나가 봐라. 나무와 나무로 이어지는 점과 점의 연결이 아니라 그 사이를 봐라. 그곳에 내가 있다. 나비의 날갯짓 그 사이에 흩어지는 내가 살고 있다. 강 이쪽과 강 저쪽 사이에 강이 있다. 강의 흐름이 있다. 강의 오랜 내력이 있다. 강 이쪽과 강 저쪽 사이, 강의 몸속에서 연어들이 거슬러 오르고 구월 열사흘 달이 떠올랐다가 소리도 없이 진다. 나 아닌 것과 나 아닌 것 사이, 그곳에 내가 산다. 그곳엔 이지러진 달이 또 뜨고 또 진다.

*

오른손과 왼손 사이에 내가 있다. 그 사이에 연둣빛 시간이 있다. 나는 내 몸과 가까운 곳에서만 산다.

*

칠 년 동안 그 여자는 매일 아침 같은 시간에 같은 길로 출근했다. 가끔 부딪히는 그 여자의 눈빛이 어색했다. 오늘 아침 그 여자가 출근하던 길을 벗어났다고 한다. 그곳에서 목을 매달았다고 한다.

*

우연한 기회에 내게 술잔을 내민 옆집 남자가 지방 뉴스에 나왔다. 남자는 십 년 만에 붙잡힌 노출증 환자였다.

*

여자는 느닷없이 자신의 이름을 바꾸었다고 했다. 여자의 얼굴과 이름이 겹쳐지지 않았다. 종일 내 이름이 불편했다.

*

앞집 남자는 담으로 스며드는 바람의 길을 3년 동안

열심히 메웠다. 낮 동안에 무엇을 하는지는 알 수 없었다. 3년이 지나도 적들은 남자의 집으로 쳐들어가지 않았다. 그 남자의 벽은 틈이 없는 성처럼 견고해 보였다. 그 남자가 잠든 사이에(지금도 남자의 방엔 불이 꺼지지 않았다) 비가 내린다. 그 남자의 집이 온통 비로 점령되는 것을 나는 새벽녘까지 지켜본다.

*

일 년에 한 번 위탁 교육에 참석하는 아이였다. 수업 때마다 달빛 같은 격려를 해 줬다. 그 비유가 얼마나 유효했는지 모른다. 그 아버지가 자살했다. 그 후로 골목에서 만날 때마다 아이는 고개를 숙인 채 내 앞을 지나갔다. 나는 그 아이의 뒷모습이 사라질 때까지 그 자리에 서 있었다. 뒤돌아서지 않았다. 텅 빈 골목 안에서 나는 눈물을 흘리지 않았다. 이를 악물었다. 눈물은 눈물샘에서 배어나는 것이 아니었다.

*-1

동생이 죽었다.

*-2

겨울을 다 보내고도 한참 동안 목련이 피지 않았다. "너를 내다볼 흐린 창문 하나 낸다"라는 문장을 쓰자마자 창밖으로 차갑고 어두운 밤이 지나갔다. 네가 창밖으로 지나가기까지 오래도록 흐린 창문 하나 가진 문장을 들여다보며 기다린다.

*

섹스하는 우리는 서로 생각이 달랐다. 몸과 몸 사이로 한 번도 들어 본 적 없는 낯선 강이 흘러갔다.

*

여덟 살이었던 나는 집 변두리 새들의 길 안에 누워 자주 잠이 들었다. 눈을 뜨면 딱 눈높이에서 벌건 해가 지고 있었다. 가끔 화장터 높은 굴뚝에서 회색빛 연기가 피어오르는 것을 볼 수 있었다.

*

누가 버린 잡스러운 마늘이 시월 장마 속에서 싹을 틔워 퍼런 잎사귀로 낮게 뜬 하늘을 쿡쿡 쑤셔 댔다. 하나님이 변비가 걸린 거라고 생각했다. 하나님 이름 위에 파리가 앉아 있었다. 너무 가는 파리의 다리여서 자꾸만 웃음이 터지는 걸 참는 하나님 얼굴이 떠올랐다. 덩달아 내 겨드랑이도 간지러워 하나님 대신 웃었다. 내 웃음을 들은 나무들이 깔깔깔 웃으며 몸을 활짝 펼쳤다. 그게 꽃이라고 했다. 꽃들을 볼 때마다 깔깔깔 웃는 웃음이 떠올랐다. 어느 방향으로 봐도 꽃은 꽃처럼 보였다. "꽃 앞을 지난다"라는 문장이 비문처럼 보였다. 그래서 방향성이 없는 꽃 앞을 지나갈 때마다 엄숙한 표정을 지었다.

*

몇 번을 물어도 선생이라는 작자는 내 질문과는 다른 말만 늘어놓았다. 수업이 끝나자마자 화장실로 가서 똥을 누었다. 잠자리 똥구멍에 강아지풀을 끼워 넣은 채 날려 보냈다. 생각보다 멀리 날아가서 보이지 않았다. 밤마다 나는 잠자리가 되어 날았다.

*

지구는 수많은 종들이 사는 집합체야. 사십 년 만에 만난 친구가 밑도 끝도 없는 말을 내뱉었다. 누구나 다 아는 얘기라고 말하지 않았다. 사실 뻔히 아는 얘길 빼고 나면 나눌 얘기가 별로 없는 生이다. 어쩌면 밑도 끝도 없는 말에 뿌리를 내릴 것 같은 두려움 때문에 침묵했는지도 모른다.

*

국적(國籍)이 다른 신은 어린 내 기도에 응답이 없었다. 십 년이 지난 후에도 마찬가지였다. 적어도 하나님이면 이 정도는 입이 무거워야 한다고 생각했다. 그렇게 생각하니 모든 게 이해가 됐다. 꿈에서 깨어나면 '춥다'라는 말을 생각할 필요도 없이 이해할 나이가 벌써 됐던 것이다. 감사 기도를 드렸다. 그제야 처음으로 하나님이 그럴 줄 알았다며 껄껄껄 웃었다.

*

징검돌 사이로 여울물이 흐르고 있었다. 나는 징검돌 위로 뛰었다. 단번에 내가 뛰어내린 곳은 징검돌과 징검돌 사이였다. 첨벙. 심심한 소리를 내며 물의 무늬가 저 혼자 출렁거렸다. 그때 내 발바닥이 외롭다는 것 처음 알았다. 헛디뎌야 보이는 것들이 있다. 중심을 잃어야 찾아오는 것들이 있다. 발바닥이 외로운 날이 자주 찾아온다.

*

불편한 내 시간은 이미 오래전에 지나갔는지도 모른다. 얘기에 열중하는 사이에 징검다리를 훌쩍 뛰어넘어 갔는지도 모른다. 마음이 간직한 차가움으로 몸을 뒤척인다.

내 이야기를 하는 이유

인과를 따라가다 보면 나에게 도착하지 못한다.

지루한 이야기를 하므로 페타바이트 시대와 어울릴 수 없는 나 자신이 된다.

건널목 출발선에 서면 숨결들이 가깝다. 여름의 흔적이 지워지지 않은 아이들의 검은 종아리에서, 허옇게 금이 간 임산부의 뒤꿈치에서, 제 표정을 삼킨 여학생들의 새하얀 교복에서 열이 감지된다. 그들의 숨결로부터 다가오는 저녁,

저녁의 행간을 읽는가? 읽을 필요가 없다. 그곳에 지루한 내가 살아간다. 내 生에는 행간이 존재한 적이 없다. 행간 속에 내 몫의 눈빛이 머물 틈이 없었다. 生이 똬리를 틀고 있을 뿐이다.

아픈 눈빛들로 인해 나는 저녁에 가닿아 있다. 저녁이 오기 전에 이미 저녁은 건널목 이편에 와 있다. 저녁이

품은 열기들이 번져 온다.

내 생은 매일 결을 바꾸는 바다의 비문을 닮았다. 읽는 순간, 내 몸에 새겨진 결들이 몸을 뒤척이며 표정을 바꾼다. 사람들은 비인칭(非人稱)인 내 몸에 제 문장을 새겨 넣지만, 나는 비인칭인 내 몸에 사람들의 문장을 새겨 넣는다.

사람들과 나 사이에 지지고 볶고 뒹구는 날짜의 경계를 자유롭게 넘나드는 이지러진 달……이 뜬다. 달은 진눈깨비 내리치는 차가운 플랫폼을 떠올리게 한다. 몸이 버겁다. 내가 본 달은 언제나 과거의 내 모습이다. 한눈파는 사이에 달맞이꽃은 제빛을 버리고 젖은 눈빛으로 내린 달빛으로 존재를 갈아입는다. 그리고 시든다.

눈물을 흘리지 않은 지 오래되었다. 나는 주사(主辭)조차 붙일 수 없는 내 꿈이 '춥다'라고 안 나이를 오래전에 지나왔다.

뿌리는 씨앗의 숨결을 향해 나아간다. 뿌리와 꽃 사이, 꽃과 씨앗 사이에 뜬 달이 행간을 두지 않고 내 길을 지우며 단 한 번도 되돌아서지 않은 길을 간다. 제 경계를 넘지 못한 사람들의 눈물 덩어리 같은 밤이 비로소 나를 찾아온다.

내력을 엿볼 수 없는 밤의 밀교들이 유행이다.

인과를 따라가다 보면 나에게 도착하지 못한다.

木蓮 곁 바람처럼

걸음을 멈추면 어느덧 끝물인 목련 곁이네
제 몸의 기억을 들려주지 않는 바람이 머물고 있네
바람은 어디를 거쳐 왔는지,
어떤 상처를 간직하고 있는지 침묵하네
어린아이의 겨드랑이 같은 표정을 짓네
바람에 대한 기억은 자신에 대한 기억이네
내 기억의 처음은 울음도 어머님의 품도
바람도 아니었네

넓은 운동장에 층층이 얼어붙은
다섯 살 살얼음이었네

짐짓 쉽게 담장을 뛰어넘은 가지에서
꽃잎 하나 발밑으로 떨어져 내리네

객혈하는 꽃잎을 바람이 제 몸에 새기네
바람의 심장이 부풀어 오르네

바람은 제 몸에 새긴 기억을 말하지 않네
어디를 거쳐 왔는지, 어떤 상처를 간직하고 있는지
제 몸의 그림자를 삼킨 유리의 표정으로 침묵하네

그 날도 바람은 속살속살 불겠다
견고한 형식으로 누워 있는 나를 제 몸에 새겨 넣겠다,

내 근원이 아닌 듯
바람이
木蓮 곁을 떠나네

八月

— 각주(脚註)로 가득한 날들

불안과 불완전에 가까웠던 죽음, 다시 찾아보러 겹겹의 물이랑 건너가는 먼 길. 머지않은 6개월은 내게 멀고 먼 억겁의 시간. 찾아간다고 사라질까 본다고 마를까. 불안했기에 불완전에 가깝고 불완전했기에 불안에 더욱 가까웠던 시간이었네. 토막 나 서성대던 많은 시간과 말들 이제 돌이킬 수가 없네.

어둠의 잔해인 찬란한 빛 속에
적단풍 몇 그루,
8월의 햇볕을 견디며 붉게 서 있다.
어둠의 잔해가 빛이라면
빛의 잔해는 어둠이어서 그럴까.
빛의 잔해에 두 눈이 뜨겁게 먼다.
마음도 먼다.
내 마음이 속에 갇혀 들끓는 것이라면
붉은 새잎 기지개 다 펴기도 전에
꽃망울 맺던 저 적단풍 몇 그루의 마음은
밖에 있는 것이라서

어둠의 잔해를 온몸으로 견디며 들끓으며,
눈부시게 서 있는 것일까.

누군가 예고도 없이

차가운 빈집의 저녁 초인종을 누른다.

내 밖에서 표류 중인 폐선들의 과묵을 다 품은
나는, 눈먼 술래가 된다.
노을 번지는 내 몫의 저녁이
일찍 도착한다는 걸 이제야 알아차린다.

서술의 밤

지난겨울을 건넌 햇볕이 방금 도착한다. 나무는 햇볕 많은 곳으로 가지를 뻗으며 비로소 나무가 된다. 나무의 등에 금이 가고 바람이 스민다.

바람은 내 몸에 새긴 문장, 바람이 남긴 흔적을 길이라고 한다.

길의 끝을 허공이라고 한다.

나는 무심한 흙의 족속이므로 마지막 내 등이 닿을 곳은 차갑고 어두운 허공. 바람이 멈춘 곳에서 흙의 일대기인 내 길, 대견했을 내 곤경의 길도 끝나 있을 것이다.

문이 닫힌 내 빈방에 달이 떠올랐으므로

투명하지 않은 불평등의 공식들과 대면한다. 내 얼굴을 똑바로 바라보는 그 죽음에 대해 생각한다. 뛰쳐나감보다 스며듦에 대한 생각에 골똘히 잠긴다.

내 총구는 언제나 내 안을 향해 있었으므로

밖에 떠도는 화상 입은 꽃들의 처지와 짙은 아카시아 꽃의 향기를 오래도록 되새김질한다.

차가운 허공에 등을 기댄 밤, 어제로부터 햇볕이 아직 도착하지 않은 나무들의 내력이 착착 달라붙는다. 되새김 없이 손에 쥔 얼굴들이 모두 열기 없는 서술의 밤으로

깊어진다, 깊어 간다.

내 안에 너무 많이 욱여넣었던 것들로 인해 갑각류같이 깡마른 내 등에 금이 간다, 무심코 통과했거나 생각 없이 뛰어넘어 기억되지 않은 꽃들의 얼굴이 내게로 전이된다.

겨울 낙관(落款)

저녁노을 막 도착한 겨울 용눈이오름
역린 거스르며 혼자 오른다

황급히 떠나온 내 시간 끝을
숨 가쁘게 찾아온
붉은 노을
오래도록 내려다본다

내 生에 딱 한 번
제 아홉 계단을 다 삼킨 초승달,
저 달을 닮은 낙관 하나
서녘 하늘에 콱 찍고 간다

누가 뭐라 말할 것인가

전생을 담보 잡힌 채 걸어온

비틀한 지난의 길들,

내게로 망명한 저 은영(隱映)의 흔적들

| 해설 |

전회(轉回)의 시학

—무(無)를 근거로 삼는 자기 구원의 도정

홍기돈(문학평론가·가톨릭대학교 교수)

1. 불교 세계관에 근거한 정찬일의 존재론, 언어론

불교에 관한 직접적인 언설이 거의 없으나, 『연애의 뒤편』에서 확인할 수 있는 정찬일의 사유는 불교 세계관에 근거해 있다. 이는 4부 '각주(脚註)로 가득한 날들'에서 분명하게 드러난다. 그 가운데서도 「어떤 신호」에는 시인이 견지하는 세계의 근거가 부각되어 있기도 하다. 그러니 「어떤 신호」를 위시한 4부에서부터 전체 윤곽을 가늠해 나가는 것도 『연애의 뒤편』 읽기의 유의미한 방식이 될 성싶다.

먼저 「어떤 신호」의 4연 "돌아갈 곳이 있다는 전제가 그립다. 돌로 꾹 눌러 놓았다고 그립지 않겠는가"를 보자. 1·2·3연에 죽음과 사라짐(추억)이 제시되어 있고, 5연에서는 죽음에 뿌리내린 삶의 양상이 부각되어 있다. "빈터에 던져 놓은 호박 한 덩이. 물컹하게 썩은 호박에서 젖니 같은 싹들 한 무더기 돋아났다"(5연). 삶이 죽음, 즉 무(無)랄까 공(空)에 근거한다면, 삶이란 죽음에서 죽음으로 돌아가는 과정에 해당할 터, 시인은 이를 일러 "지금도 내 눈빛은 나를 겨우 견디며 어딘가를 막 건너가는 중이다"라고 진술하고 있다.

이렇게 죽음에 발 딛고서야 비로소 펼쳐지는 삶, 다시 말해 무가 구멍처럼 여기저기 숭숭 뚫린 유(有)로서의 삶을 정찬일은 이야기한다. 그런데 그가 유의 자리[=삶]에서 삶에 내재한 무의 속성을 떠올릴 때 빚어지는 감정은 「어떤 신호」에서 알 수 있는 것처럼, 그리움이다. 어째서 시인은 무에 근거한 삶의 면모를 하필 그리움으로 맞닥뜨리는 것일까. 반복되는 일상 가운데서 무 속으로 홀연히 사라져버린 동생의 죽음이 이에 대한 이해의 단초를 제공한다.

> 15년 넘게 투병을 하는 男동생에게서 2016년 2월 27일 12시 10분에 전화가 걸려 왔다. 몇 마디 안부를 서로 바삐 묻고, 무슨 말인가를 하려는 동생에게 운전 중이니 조금 후에 다시 통화하자며 내가 먼저 전화를 끊었다. 그게 마지막 통화였다. 동생에게서 전화가 다시 걸려 오지도 않았고, 내가 전화를 걸어도 문자를 남겨도 바다 건너에선 응답이 없었다.
>
> —「통화」 3연

구체적인 진술이 존재 및 일상의 물질성을 보증하지만, 물질성이 확실할수록 돋을새김되는 것은 동생의 부재다. 시인에게 동생의 죽음은 충격을 야기한 돌연한 사건이었겠으나, 기실 15년 넘어서는 투병 기간을 염두에 둔다면 일상이었다고도 할 만하다. 그렇게 삶과 죽음은 뒤엉켜 있다. 돌이켜 보면 시인의 부모 또한 지금-여기 부재하는 동생의 세계로 넘어가 있지 않은가. "지게꾼이셨던 아버님 묘"(「엉겅퀴-각주(脚註)로 가득한 날들」), "함께 떠나보내지 못한 어머니의 옷가지"(「어떤 신호」)라고 했으니 말이다. 발 딛고 있는 근거, 육친(肉親)이 자리잡고 있는 세계가 무(無)로 귀결되는 셈이니, 정찬일에게 그 세계는 그리움으로 다가설 법도 하다.

모든 존재는 물·불·흙·공기로 빚어져서 잠시 생명 형식을 취했다가 다시 물·불·흙·공기로 흩어진다. 이처럼 무를 딛고 비로소 펼쳐지는 존재 양상을 불교에서는 무아설(無我說)로 설명한다. 무아(無我)라고 하여 무아를 깨닫고 수행하는 주체가 없을 리 만무하다. 근대사상의 주체로 환원할 수 없는 이러한 주체의 면모는 「눈물의 근원」을 통하여 검토할 수 있다. 자, 시인은 한라산 횡단 도로를 넘어간다. "어제 넘었던 한라산 중턱을 오늘 다시 넘는군" 생각하는데 "속절없이 눈물이 났"다. 왜 눈물이 나는 것인가. 하나하나 원인을 되짚어 따져 보지만 도대체 알 수가 없다. 결국 시인은 다음과 같은 결론에 다다른다. "눈물의 근원이 몸 밖에 있다기보다는 내 안에 있다는 생각이 들더군요."

반복되는 상황을 통해 깨달음으로 나아가는 양상이 원효의 경우와 겹쳐진다. 당주계(唐州界, 화성시 서산면, 송산면, 마도현 일대)에서 배편으로 유학 떠나고자 길을 재촉했던 원효·의상은 비바람 불고 날이 어두워지자 토감(土龕, 비바람을 가리기 위하여 흙을 파고 임시로 지은 집)에서 하룻밤을 보냈다. 그런데 아침에 깨어 보니 오래된 무덤의 해골(古墳骸骨)이 보였다. 여전히 비가 쏟아지고 땅은 진흙탕이어서 한 치도 나아가지 못한 채 그들은 다시 그곳에 머물렀는데, 밤을 맞았을 때 문득 귀물(鬼物)이 나타나서 원효는 괴이함을 느꼈다. 순간 깨달음을 얻은 원효는 "마음이 일어나니 갖가지 법(法)이 생겨난다는 것을 알겠노라/마음이 멸하니 토감과 무덤은 둘이 아니구나"라고 「오도송(悟道頌)」을 읊었다.*

원효는 오도송으로써 생멸문(生滅門)과 진여문(眞如門)이 하나이며, 일심(一心)의 용(用)에 의하여 두 세계의 분별이 일어나기도 하고 사라지기도 한다는 사실을 설파하였다.**

* 贊寧, 「唐新羅國義湘傳」, 『宋高僧傳』 4; 『大正新修大藏經』 50, 법보원, 2012, p.729에서 발췌 졸역 인용.
** 원효의 『대승기신론 소(大乘起信論 疏)·별기(別記)』는 이에 대한 논설로 이해해도 무방하다.

원효의 길을 따르는 양 「눈물의 근원」의 정찬일도 일심(一心)의 자리로 향하고 있다. 이 자리에 섰을 때 시인이 「고어(古語)를 읽는 밤」에서 묻는 바를 어느 정도 가늠하게 된다. "닳고 닳아서 사라진 수많은 구두의 뒷굽들을 뭐라고 불러야 하나요. 無인가, 空인가. 형체가 없어도 아직도 구두의 뒷굽인가, 아니면 몰래 환원된 내 몸으로 봐야 하는가를 오래도록 생각하다가 다른 몸피를 뒤집어쓴 것 같은 고어들을 다시 읽기 시작합니다."

귀물(鬼物)이 일심의 용으로 빚어진 한낱 상(相)에 불과한 것이라면 굳이 그에 집착할 필요가 없어진다. 그렇다면 닳아서 사라진 구두의 뒷굽은 구두의 뒷굽이라 할 수 있는가, 없는가. 이는 생(生)과 멸(滅)을 분별하여 맞세우는 생멸문에 갇힌 세계에서의 접근법이다. 지금-여기 있는 존재는 무나 공이라 부를 수밖에 없는 바로 그 닳아서 사라진 지점을 통하여 다른 존재와 이어지는 법이니, 여기가 바로 진여문이 개시하는 장소인바, 시인은 생멸문과 진여문이 마주치는 순간을 맞닥뜨리고 있다. "말이 몸으로 몸이 말로 뒤척이는 밤, 밖이 속이 되고 속이 밖이 되는 밤입니다. 또다시 몸의 가까운 모퉁이에서 환한 꽃의 길이 시작됩니다."

부박한 욕망을 동력으로 삼는 소비자본주의 사회에서 옛 사람이 남겨 놓은 말, 즉 고어(古語)가 뚜렷한 효용을 가질 리 없다. 하지만 그러한 무용성으로 하여 비어 있음의 의미는 더욱 각별해진다. 전회(轉回)가 벌어지는 밤이라는 시간대에 시인은 있음[有]에서 없음[無]으로 미끄러지면서 옛말이 되기도 하고, "남의 몸피를 뒤집어"쓰기도 한다. 이러한 존재의 유동성(流動性)은 시인의 언어 의식과 결부하여 살펴볼 필요가 있다. 시인 정찬일이 자신의 존재를 언어의 숙명과 일치시키고 있는 까닭이다. 이는 「날것들, 속내가 불편치 않다」라든가 「내 이야기를 하는 이유」와 같은 시편들에서 드러난다.

기실 언어는, 유동하는 존재처럼 존재와 존재 사이에 임시 교량처럼 놓여 있다고 말할 수 있다. 언어를 구성하는 두 요소인 기표(記表, signifiant)와 기의(記意, signifié)는 그저 임의적 관계일 뿐이며, 그로 인해 언어는 기표와 기의가 서로 미끄러져 어긋나는 만큼 언어 사용자들 사이의 소통 불능 여지를 애초부터 배태하고 있기 때문이다. 그래서 정찬일은 무엇과 무엇이 아닌, 무엇과 무엇 사이를 이야기한다. "나무와 나무로 이어지는 점과 점의 연결이 아니라 그 사이를 봐라. 그곳에 내가 있다. 나비의 날갯짓 그 사이에 흩어지는 내가 살고 있다"(「날것들, 속내가 불편치 않다」). 이 대목에서 연기론에 입각해 있는 시인의 입장이 선명해지는바, 실체론으로는 이를 용납하기가 어려울 수밖에 없으니 「내 이야기를 하는 이유」에서 "페타바이트 시대와 어울릴 수 없는 나 자신"이 토로되고 있기도 있다.

지금-여기 우리가 살고 있는 근대 체제는 무를 기반

으로 하는 사상, 다시 말해 존재의 유동성이라든가 사이[틈]의 사유 등을 봉쇄함으로써 구축·유지된다. 근대사상은 데카르트주의의 원자(原子)와도 같은 개별자(個別子, individual)를 근거로 삼으며, 관계에 대한 탐색 및 정당성은 개별자·집단 간의 사회계약론 따위로 한정하는 형편이 아닌가. 그러니 정찬일이 "인과를 따라가다 보면 나에게 도착하지 못한다"라고 단언하면서 "비인칭(非人稱)인 내 몸"을 자처할 때, 이는 자신이 근대 체제의 바깥에 나아가 있노라는 선언이 된다(「내 이야기를 하는 이유」). 너는 "징검다리를 읽고는 이해했다는 듯 진지하게 고개를 끄덕"거리지만, "징검돌처럼 단절된 얘기만 한다". "환유적인 나를 이해하지 못"하기 때문인데, 시인인 나와 세속인인 너의 언어 사용법은 그만큼 다르다(「날것들, 속내가 불편치 않다」).

『연애의 뒤편』 4부는 이상과 같은 존재론·언어론에 입각해 있는 시편들로 구성되어 있다. 굳이 각주라고 부(部)의 제목을 달고, 적지 않은 시편들의 부제로 '각주(脚註)로 가득한 날들'을 붙인 까닭은 아마도 이들 시편들에 시론 성격이 가미되어 있으며, 이와 얽힌 개인사가 포함되었기 때문이리라. 시인의 세계관을 살펴보느라 4부 시편들의 형식에 관한 논의는 부득불 생략할 수밖에 없는 형편인데, 형식으로 취하고 있는 아포리즘 양식 또한 적극적으로 평가할 만하다. 가령 "헛디뎌야 보이는 것들이 있다. 중심을 잃어야 찾아오는 것들이 있다"라거나 "바람은 길 위의 발자국들을 공평하게 지운다"라는 구절. 명징하게 드러내기 어려운 정찬일의 존재론·언어론은 아포리즘 양식을 입음으로써 깊은 울림을 창출하는 데로 나아갈 수 있었다. 기실 이는 『연애의 뒤편』 전편의 특징이기도 하다.

2. 동광리 4·3 유적지에서 긷는 침묵의 이야기

일심(一心)에 근거를 마련했다고 하여 정찬일이 창백한 관념론자로 기우는 것은 아니다. 소성거사(小姓居士) 원효의 후반기 행적이 보여 주듯이, 기실 생멸문과 진여문을 현실 가운데서 불일불이(不一不二)의 방편으로 구현하려는 시도는 치열할 수밖에 없다. 정찬일의 경우 일심에 근거한 삶의 태도는 "시린 새 발자국 따라" "그 끝에" 놓인 "동굴"(「도엣궤」) 안으로 들어가는 것으로 상징된다. 도화원(桃花源)으로 향하는 출구를 갖추지 못한 도엣궤는 그저 "적막하고 어두운 동굴"일 따름이다. 그곳에서 시인은 적막 너머 놓여 있는/있었던 이야기를 읽어 내고자 한다. 이것이 견고하게 닫힌 듯 보이는 현실에서 구멍처럼 열려 있는 무를 길어 올리는 정찬일의 현실 참여 방식이다.

도엣궤는 1부 시편들의 배경이 되는 큰넓궤, 무등이왓, 삼밧구석 등과 동일한 계열이며, 이들 장소는 모두 적막에 둘러싸여 있다. 무등이왓·삼밧구석은 1948년 11월 군의 초토화 작전 때 전소되어 사라져 버린 동광리 마을이며, 큰넓궤·도엣궤는 당시 마을 사람들이 숨어 들어가 50여 일 동안 삶을 이어 나갔던 굴이다. 즉 동광리 4·3 유적지라는 동일성 위에서 이들 배경은 하나의 계열로 묶인다는 것이다. 그리고 이미 사라져 이름만 남은 마을이거나 이제는 생활을 이어 나가는 은폐의 공간이 아니기에 도엣궤와 마찬가지로 적막할 수밖에 없다. 가령 무등이왓은 "저 적요의 눈물 덩어리"(「연대(連帶)」)이며, 큰넓궤에는 "캄캄한 바닥에 가라앉은 차디찬 침묵"(「큰넓궤 겨울 볕뉘」)만이 그득하다.

군인을 피해 궤(동굴)로 숨어들었던 피란민들이 오들오들 두려움에 떨었으리라는 사실은 의문의 여지가 없다. "사람의 길도 안 돼/마소의 길도 안 돼/눈 위에 까치발 자국 흘리며 가도 안 돼//새들이 내준 길만 허락된 밤"(「겨울 궤」) 시인은 마치 당시의 피란민처럼 조심스럽게 적막(침묵)을 향해 나아간다. "오래전에 내게 도착한 발자국들의 침묵을 되짚으며/거슬러 올라 닿는 침묵/그런 침묵, 그렇게 닿은 흐린 아픔"(「거슬러 올라 닿는 침묵들」). 그리하여 사라진 무등이왓을 거닐면서 "밀메역 풍년이던 남쪽 바다 내려다보며" 흉년 될까 걱정하는 "어머니의 한숨 소리"를 듣는가 하면, 광신서숙 터 지날 때는 "아이들의 웃음소리"가 배음(背音)처럼 퍼지기도 한다(「무등이왓」).

이처럼 유에서 무로 나아가고, 무에서 유를 길어 올리는 사회 참여 방식은 앞서 살펴보았던 존재론의 연장이다. 다시 말해 정찬일이 역사·사회를 인식하는 방식은 그의 존재론과 잇닿아 있다는 것인데, 이는 「거슬러 올라 닿는 침묵들」에 표출된 무에 관한 인식을 통해 확인할 수 있다. "까까머리 시절" 그는 "운동화 뒤축을 꺾어 신은 적이 있"으나, "그 후 오래도록 운동화 뒤축을 꺾어 신지 않는 시간을 살아간다". 이미 흘러간 시간대의 지금은 버린 지 오래된 습관이지만, 이는 소멸하지 않고 "운동화 뒤축을 꺾어 신은 일곱 살 아들을" 통하여 지금-여기로 회귀한다. 그 시절 그를 안타까운 마음으로 지켜보았던 어머니가 있었듯이, 그는 지금 아들을 조용히 내려다보고 있다. 무의 지점에서 유년의 나, 현재의 나, 어머니, 아들이 제각각 겹치는 셈이다. 뿐만 아니라 모든 존재를 표상하는 '당신' 또한 같은 방식으로 무로 모여들어 만난다. 시인에게 역사·사회란 이러한 만남의 궤적이다.

정찬일의 4·3 시편이 참상의 고발·증언으로 펼쳐지지 않는 까닭은 이렇게 무를 끌어안고 있기 때문이다. 대신 부각되는 것은 4·3의 상처를 끌어안고서 흘러가고 흘러오는 자연이다. 쉼 없이 흐르면서 순환하는 자연의 면모는 비어 있어서 가능해졌기에 이는 사유의 당연한 귀결인 듯하다.* 「폭낭」의 "돌아오지 않는 사람들 발자국 따라/제 세월 제 나이테 검게 비워 가는 삼밧구석 폭낭", 「거슬러 올라 닿는 침묵들」의 "짙은 소금기 밴 바람 속에/삼밧구석 흐린 하늘을 베고 눕는 억새들", 「연대(連帶)」의 "무등이왓 낮은 울담 다 무너진 경계마다 찾아와 핀/겨울 광대나물 꽃들/저 꽃들이 오래전으로부터 건너왔다는 사실을 나는 자주 잊는다"와 같은 구절에서 폭낭·억새들·광대나물 꽃들은 당시의 아픔을 새긴 채 흘러가고 흘러온다. 「벌써 입동」은 이러한 작법(作法)이 잘 드러나는 시편이다.

바로 가지 못하고 큰넓궤와 먼 불래산(佛來山)까지 떠돌다
오래된 제 속 거느려 돌아가던 바람
빈터만 남은 동광검문소 육거리, 헛묘 앞에서 잠시 길을 놓친다

누가 저 굽은 팽나무 등을 게딱지처럼 봉인해 놓았나
제 몸에 새긴 문장을 차가운 위령비가 대신한,
철 버팀대 몇 개 겨우 받쳐 낸 삼밧구석 팽나무
그 앞에 세워진 헐렁한 설치물 속
풍치목(風致木)이라는 말이 오히려 반갑다

* 장자는 "마음을 비우고 고요함을 지키고 편안하고 담백하며 적막하면서 하는 일 없는 것이 천지 자연의 기준이며 지극한 도이다", "하늘의 도는 끊임없이 운행하여 한때라도 정체하는 법이 없다. 그래서 만물이 이루어진다"고 하였다(莊子, 安炳周·田好根 共譯, 『譯註 莊子』 2, 傳統文化硏究會, 2004, p.226, p.222). 노장(老莊)의 허(虛)에 입각한 세계관은 불교의 체(體)·용(用)·상(相)의 관계 설정 방식과 상통하는 측면이 있다.

옛 주인 잃어 침묵으로 여문 족대와
마디진 할 말 있다며 한 낮 한 밤에 키가 다 커 버린 겉여문 족대들이
서로 차가운 등 기댄 채 수런대는 댓잎 소리
빈 집터에 자리 잡은 때 놓친 콩밭이
저 혼자 귀 기울여 젖어 가는 저물 무렵이다
모자란 하루치 가을볕 기울어
한 갑자 지난 지 이미 오래다

가까운 아랫마을 간장리 불빛 하나둘 꺼지면
먹먹하게 떠 있던 별들도 서둘러 진다
바다는 여전히 어둠 속에 갇혀 있는데
바람에 실려 온 내 마음
댓잎 소리 가득한 늙은 콩밭에서 길을 잃는다

어디서부터 길을 잘못 들어섰나

또 오랜 시간이 지나면 어쩌나 하는 생각 멈춘다

오랜 시간이 지나도 속 깊은 저 바람이
자꾸만 길을 잃는 나를 또 앞세워 돌아오리라는 생각
천 번의 물음에 천 번을 침묵하는

옛이야기 봉인된 삼밧구석 팽나무 앞으로
죽어서야 환한 석창(石窓) 하나 겨우 가진 오름 기슭 헛묘 앞으로
다시 데리고 돌아오리라는 생각
수십 번을 다짐했던 일이다

무엇이 그리 바쁜지 한 생각 한 생각에 잡혔다가 고개를 들면
성큼성큼 제 자리를 옮겨 바다 위로 말없이 지는 달
달의 캄캄한 뒷면에서 누군가 말없이 걸어 나올 것만 같아
잔뜩 자란 미국자리공 개민들레 환삼덩굴 천상쿨
남의 나라 풀수펭이 조심스레 헤치며
올레 입구를 막아 놓은 돌담을 게딱지처럼 뜯어내며
누군가 막 걸어 나올 것만 같아
한여름 땡볕도 견뎌 왔던 콩깍지 저절로 툭툭 터지는 소리 들으며
저 혼자 붉게 익어 가는 늙은 감나무 곁에서
오래도록 기다리는

벌써 또 입동(立冬)

—「벌써 입동」 전문

오랫동안 4·3은 한국 사회에서 언급조차 불온시되었

고, 그러한 현실에 맞서느라 4·3 소재 시편들은 참상의 고발·증언에 치중해 왔던 경향이 있다. 금기가 풀리면서 4·3을 다루는 시작법이 여러 갈래로 모색되고 있는바, 정찬일은 전면화시킨 자연 가운데 4·3을 배치하는 방식으로 제 길을 내고 있음이 이로써 증명된다. 정찬일은 이러한 개성이 한날 기교의 산물이 아니라고 강변하는 것처럼 「하이, 카를 마르크스 씨!」를 써 놓기도 하였다. 주지하다시피 마르크스는 실체론, 과학적 사고의 절정에서 유물론(唯物論)을 주창했던 철학자다. 자, 정찬일은 "흘러가는 저 별빛이 젖은 건 오늘 밤 눈물 자국 같은 길을 되짚어가는 누군가의 눈빛이 더해졌기 때문"이라며 "삶이 너무 무거웠던 카를 마르크스 씨"를 타박한다.

실체론의 경계를 넘어, 나 아닌 너와 무의 지점에서 모든 존재가 만난다는 것이 『연애의 뒤편』 2부에 드러난 정찬일의 현실 참여다. 이는 세계관이지, 기교가 아니다. 그리하여 정찬일은 「하이, 카를 마르크스 씨!」의 7연을 다음과 같이 썼다. "비명도 없이 뛰어내렸을 봄밤의 비는 내 것/오백 년 내내 흔들리면서도 자기를 내버리지 않고/잃어버린 마을 휘이 둘러보는 폭낭도 내 것/뭐가 두려운지 자꾸만 내 눈빛 밀어내는/헛묘 속 멍울진 이야기들도 내 것/틈이 없는 어둠을 기어이 밀어내며 피는/흰 애기동백도 내 것/한낮인데도 새하얀 감탄사로 사뿐사뿐 내딛는/꽃들의 멍든 뿌리도 내 것/외출할 때마다 기어이 따라나서는 젖은 발자국들도 내 것/온전히 가지고 가야 할 내 몫들" 바깥 온갖 것들이 내 안으로 흘러듦을 인정할 때 무의 질감·중량이 현실 작동의 근거가 되리라는 태도인 셈이다.

3. 나무의 초월론과 시인의 나무되기

"그림자 없이 오고 가는 바람"(「연애의 뒤편」)은 형체를 취하고 있지 않으니 "제 몸에 새긴 기억을 말하지 않"아도 될 만큼 유동적이다(「木蓮 곁 바람처럼」). 그래서 시인은 유와 무를 매개하는 소재로 바람을 곧잘 활용하고 있다. 그렇지만 형체를 가진 모든 존재는 크든 작든 각자 저마다의 생채기를 안고 살아간다. 가령 「흐린 저녁이 도착하기까지」의 "자기 땅이 덩달아 수용됐다며/밤마다, 정박한 배 한 척 없는//제 그림자 속에 들어앉아//술잔 기울이는 김 씨", 「환한, 나무의 밑동」의 "눈빛 가린 미소로 손님들의 요구를 모두 받아 내던" "〈우리집 식당〉" "스물댓 이국적이지 않은 이국 여자"를 보라. 앞서 살폈던 동광리 4·3 피해자들 또한 그 사례에 포함시킬 수 있다.

내가 나이고 너는 너임이 분명한 실체론의 세계에서 개별자가 품고 있는 내밀한 상처는 제대로 공감·공유되기가 어렵다. 아픔(상처)을 교환 가능한 수준에서만 전달하는 언어의 본질적 한계가 여기에 일조한다. 그래서 정찬일은 상처의 드러나지 않은 또는 드러내지 못하는 측면에 주목하는데, 이를 상징하는 소재가 그림자이고 어둠이다. 앞서 「흐린 저녁이 도착하기까지」의 김 씨는 제 그림자와 마주한 형국이며, "정월 하고도 스무하루, 단출한 강정 사람들의 마음 깊이 밴/구럼비 바위 폭파, 추념의 시간"을 새겨 놓은 「비켜 가지 않고 바로 가는 강정(江汀)」에도 긴 그림자 드리워져 있다. 「그림자가 묽어지는 시간」 4연은 그림자에 대한 각주처럼 읽힌다. "내 그림자는 내 몸이 간직한 만큼의 어둠, 그래서 내 어둠은 내 몸피만큼의 분량으로만 존재해 왔다. 그림자가 묽다는 것, 그것은 내가 세상의 모든 빛과 상쇄의 지점을 아직도 찾지 못했다는 것 이상은 아니라고 생각하는 사이에,"

그렇다면 몸피만큼의 분량으로 존재하는 그림자는 넘어설 수 없는 삶의 부산물이라 해야 할까. 이러한 물음과 맞닥뜨리는 지점에서 정찬일이 부각시키고 있는 이미지가 신목(神木)이다. 「연애의 뒤편」에서 그는 "제 그림자를 오래 들여다볼 때 뿌리 깊은 밤은 열린다"라고 진술하고 있다. 나무는 언제나 한자리에 머무를 수밖에 없는바, 제 그림자를 들여다보며 "뿌리로는 건널 수 없던 길들"(「풋사과의 내력」)을 돌이키고, "뿌리를 갖고 건널 수 있는 길은 많지 않다"(「연애의 뒤편」)라고 되뇌는 것이 숙명이다. 그러한 숙명이 내면의 어둠으로 쌓일 터, 어둠을 자양분으로 나무는 상처 앓는 이들의 그림자까지 감싸 안을 수 있게 된다. 위

안처가 되는 것이다. “상처에 몸을 웅크린 채 단 한 번도 밖으로 뛰쳐나간 적 없는 나무의 어둠을 오래도록 쓰다듬다가 말없이 가는 사람도 있다”(「나무의 귀」).

누군가는 나무 앞으로 나아가 제 아픔을 위로받는다. “나무의 침묵에 내 이름을 깊이 새겨 넣던 밤이었다”(「8월의 목련 아래에는」). 물아일체(物我一體)의 지점에서 나무는 상처 앓는 이와 하나가 되기도 한다. “납작 엎드린 오늘 밤도 여자의 창고 방에서 흘러나온 이국의 낯선 노랫가락에 간신히 실린 흐린 불빛 한 조각, 검게 그을린 나무 밑동을 말없이 밝힌다. 드러난 수많은 뿌리가 다 닳은 내 나라 불임의 우리 나무 밑동이 밤새 환하다”(「환한, 나무의 밑동」). 「江汀, 가다」의 “태풍으로 생채기 난 강정의 나무들”은 해군 기지 건설로 인한 갈등과 아픔까지 끌어안고 있으니 “생채기보다 더 큰 상처를 가진 강정의 나무들”이 될 수밖에 없다(「江汀, 가다」).

이처럼 세상의 아픔까지 제 아픔으로 온전하게 앓는 나무 이미지는 『유마경(維摩經)』의 한 구절을 연상시킨다. 문병 온 문수보살(文殊菩薩)에게 유마거사(維摩居士)는 와병 이유를 다음과 같이 밝히고 있다. “모든 중생들에게 아픔이 남아 있는 한 제 아픔 역시 앞으로도 계속될 것입니다.”* ‘네

* 불교간행회 편, 박용길 옮김, 『유마경』, 민족사, 2012, p.90.

가 아프니 나도 아프다'라는 것인데, 나무의 초월론이란 나와 세상이 함께 앓는 자리에서부터 구원이 가능하리라는 인식인 셈이다. 구원의 표식은 "그림자 없는 나무"(「풋사과의 내력」)라거나 "선(禪)과 원(院) 사이에 정좌한 키 큰 나무 정수리에/꽃그늘 하나 없이 환하게 핀 목련들"(「봄 춘(春) 붉을 단(丹)」), "나무와 꽃은 신의 그림자"(「흐린 저녁이 도착하기까지」) 등을 통해 제시되어 있다.

무, 침묵, 어둠의 방향으로 나아가는 정찬일은 나무의 초월론을 따르고 있다. "이미 오래전부터 밤마다 들리던 젖은 발소리 때문에/견디다 못해 두 손 들고 전향(轉向)"했노라고 시인 자신이 밝히고 있지 않은가. 이를테면 "조천읍 선흘리에 있는 오백여 년 된 후박나무" 불칸낭에게로의 전향이다. "그 정도 오래된 나무면, 그 정도 오랫동안 흔들림을 보여 줬으며/오백여 년 나이테를 다 지우고도 그렇게 묵묵히 견뎌 왔으면/두 손 들고 전향하고 싶지 않겠느냐고요"(「전향의 서(序)」). 삶이 무에 근거한다고 파악하는 입장에서 세계는 일음일양(一陰一陽) 변화하는바, 시인이 "8월의 햇빛 속에 귀신처럼 깃든 저 혼야"(「혼야(昏夜)」)를 보라고 가리킬 때 이는, 단지 양(陽)("8월의 햇빛")과 음(陰)("귀신처럼 깃든 저 혼야")의 공존에 머무는 것이 아니라, 양에서 음으로 기울어지는 전회의 순간을 가리키고 있는 것이다.

『연애의 뒤편』은 시집 전체가 양에서 음으로 기울어지는 「혼야(昏夜)」의 방향을 좇으면서, 음의 방향으로 나아가 있다. 기실 나로서는, 기우뚱한 균형이 세계가 운행하는 동력이 되는 만큼, 일찌감치 음의 영역에 자리 잡을 것이 아니라, 양과 음의 교차에 주목하면서 변화 순간의 활력을 보충했더라면 어떠했을까, 생각해 보기도 한다. 그러나 이는 기질(氣質)에 관한 문제이며, 지금–여기의 세계가 무·침묵·어둠을 몰아내어 유·소란·화려를 본령으로 삼고 있으니, 함부로 재단할 사항이 아닐 터이다. 본래 구부러진 막대기를 바로 펴고자 하면 반대편으로 더 강한 힘을 줘야 하는 법. 그러한 까닭에 양의 반대편에서 음의 영역을 부각시키는 것으로 이해되는 측면도 있다. 그래서 그가 "한낮의 혼야는 편향성을 지닌다"(「혼야(昏夜)」)면서 "그렇다, 나는 항시 어느 한쪽으로 치우친 편향에 서 있었다"(「그림자가 묽어지는 시간」)라고 입장을 표방할 때, 그에게 신뢰를 보내게 된다.

아마 그러한 신뢰가 작용한 탓에 「반야(半夜)」가 자꾸 반야(般若)로 읽히는 것이리라. 원효는 표면 위를 부유하는 한낱 물방울 같은 존재가 바닷속 비밀을 온전히 다 알 수 없다고 설명하고 있는바, 물방울이란 우리네 각각의 존재이며 바닷속 비밀은 여래장(如來藏)을 의미한다. 청정한 깨달음의 본성[如來藏]은 감추어져 드러나지 않으니 감춘다는 의미의 '장(藏)' 자를 취하는 것이고, 그러한 까닭에 시인은 바닷속처럼 깊은 밤[半夜] 캄캄한 어둠 속을 홀로 걷는 것일 게다. 그러면서 가만히 상승하는 "나무 안쪽"의

"몸 거슬러 오르는 물소리", "젖은 날갯짓 소리"를 듣고 있지 않은가. 한낱 인간이 여래장(=眞理)을 터득할 수는 없으나, 여래장을 향해 나아가며 일리(一理)는 깨칠 수 있는바, 이를 체득하고 진중하게 펼쳐 낼 수 있다면 '반야(般若)', 즉 모든 법의 진실상을 아는 지혜에 이르러 있는 셈이 아닐까.

『연애의 뒤편』은 "한 발자국도 내디딜 수 없는 나무의 生에 대해/신(神)은 오래도록 대답하지 않는다/나무의 말을 잃어버린 탓이다"(「나무-나」)에서 출발하여 "나무 안쪽" "몸 거슬러 오르는 물소리"를 들으면서 자기 구원의 가능성("이맛전에 도착"한 "불언(不言)의 빗방울")을 확인해 나간 시집이다. 그러니까 나는 그 도정을 일리의 성숙 과정으로 파악하고, '반야(般若)'의 한 방편을 읽어 낸 셈이 되겠다.

그림자 없는 시간엔 혼자 산책한다.

몇몇 집들 환하게 밝히던 불이 다 꺼지면
창밖을 내다보던 문장들이 별 하나 뜨지 않는 반야로 찾아온다.

혼자 서 있는 나무 안쪽에서
몸 거슬러 오르는 물소리 묽게 들린다.
어쩌면 젖은 날갯짓 소리도 들린 듯하다.

이제 어두운 나에 대해 그 누구도 묻지 않는다.

천 번의 물음에 천 번을 침묵한 채
천천히 말라죽어 가는 나무와 함께 도착한
이 깊은 밤

내 몸을 빠져나갔던 불언(不言)의 빗방울 하나,
먼 단앳길 돌고 또 돌아
이제 막 내 이맛전에 도착한다.

—「반야(半夜)」 전문

시인수첩 시인선 033
연애의 뒤편

초판 1쇄 인쇄 2020년 3월 31일
초판 1쇄 발행 2020년 4월 10일

지은이 | 정찬일
발행인 | 강봉자·김은경

펴낸곳 | (주)문학수첩
주 소 | 경기도 파주시 문발로 214-12(문발동 511-2) 출판문화단지
전 화 | 031-955-4445(대표번호), 4500(편집부)
팩 스 | 031-955-4455
등 록 | 1991년 11월 27일 제16-482호

홈페이지 | www.moonhak.co.kr
블로그 | blog.naver.com/moonhak91
이메일 | moonhak@moonhak.co.kr

ISBN 978-89-8392-815-3 03810

「이 도서의 국립중앙도서관 출판예정도서목록(CIP)은 서지정보유통지원시스템 홈페이지(http://seoji.nl.go.kr)와 국가자료공동목록시스템(http://www.nl.go.kr/kolisnet)에서 이용하실 수 있습니다.(CIP제어번호: CIP2020007644)」